대치동 아이는
이렇게 씁니다

대치동 아이는 이렇게 씁니다

성공하는 아이들의 글쓰기 습관

ⓒ 최서율 2025

초판 1쇄   2025년 11월 14일

지은이   최서율

출판책임	박성규	펴낸이	이정원
편집주간	선우미정	펴낸곳	도서출판 들녘
기획이사	이지윤	등록일자	1987년 12월 12일
디자인진행	한채린	등록번호	10-156
편집	이수연·김혜민	주소	경기도 파주시 회동길 198
디자인	조예진	전화	031-955-7374 (대표)
마케팅	이동하		031-955-7389 (편집)
경영지원	나수정	팩스	031-955-7393
제작관리	구법모	이메일	dulnyouk@dulnyouk.co.kr
물류관리	엄철용		

ISBN   979-11-5925-970-8 (03800)

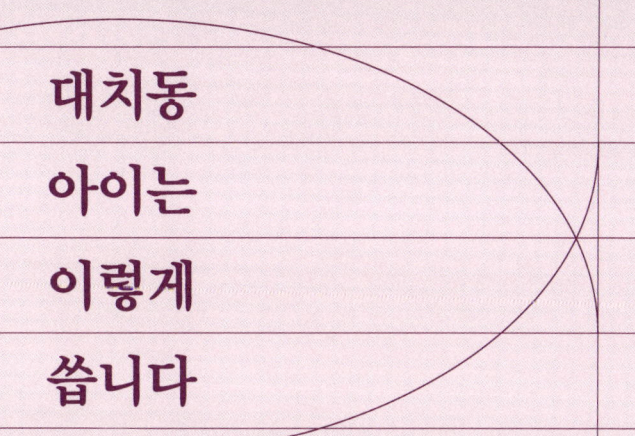

대치동
아이는
이렇게
씁니다

성공하는 아이들의 글쓰기 습관

최서율 지음

푸른들녘

여는 글

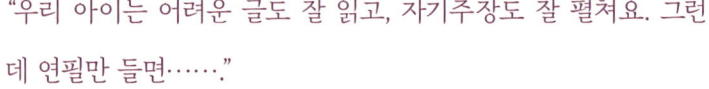

"우리 아이는 어려운 글도 잘 읽고, 자기주장도 잘 펼쳐요. 그런 데 연필만 들면……."

초등 2~3학년 때는 아이가 분명 '국어'에 부족함이 없었는데 크 더니 이상해졌다는 이야기를 종종 듣게 된다. 여기서 말하는 '국어' 란 듣기, 읽기, 말하기, 쓰기 등의 언어적 영역을 총망라하는 단어다. 듣는 법, 읽는 법, 말하는 법, 쓰는 법은 연결되어 있기는 하나 분명 별개의 영역이다. 그러나 '내 아이'를 대할 때는 이것들이 '국어'라는 한 단어로 뭉뚱그려지는 경우가 많다. 이는 어쩌면 지극히 당연한 수순일 터다. 듣기, 읽기, 말하기, 쓰기는 정확히 구분해서 점수화할 수 없는 영역이다. 또 어떤 부분을 봐야 아이의 실력을 제대로 확인할 수 있는지 알기도 쉽지 않다. 경청을 잘하는 내 아이, 어른들도 어려워하는 벽돌 책[1]을 척척 읽는 내 아이, 어디서든 막힘없이 주장을 펼치는 내 아이에 빠진 부모들은 당연히 아이가 국어의 또 다른 영역인 글쓰기도 잘하리라 믿게 된다.

부모들이 바보인 게 아니다. 초등 저학년 때는 아이의 글쓰기 실력을 확인할 수 있는 단서들이 적다. 교과서 필기, 문제집 풀이, 일기, 간혹 과제로 주어지는 독후감 정도가 아이의 글쓰기 세상을 이루고 있다. 물론 "내 아이는 문장도 못 썼어요!"라며 울부짖는 학부모님도 있을 수 있다. 그러나 요즈음 아이들은 유튜브, 웹툰 등의 미디어에 자주 노출되면서 '그럴듯한 문장' 만들기에 쉽게 능숙해진다. 속은 없지만 겉은 번지르르한, '깡깡' 소리가 나는 깡통 같은 문장을 쓰게 된다는 뜻이다. 이럴 때 부모들은 내 아이의 글쓰기 실력에 대한 달콤한 착각에 빠진다. "우리 아이는 국어, 특히 글쓰기를 잘해. 문장이 참 특별하잖아"라는 착각이다. 하지만 학년이 올라갈수록 그 믿음은 서서히 무너진다. 그럴듯한 문장만 나열되어 있을 뿐 맥락이 없

---

1 벽돌처럼 두꺼운 두께의 책을 이르는 말. 흔히 "벽돌 책을 읽으라고? 너무 두껍잖아"처럼 쓰인다.

　　　　　　　　　　여는 글

고 이야기조차 이어지지 않는다는 것을 깨닫게 된다. 착각의 실체는 아이가 5~6학년이 되었을 때야 드러난다. '아차!' 싶지만 이미 물은 엎질러진 뒤다.

5~6학년이 되면 조금씩 글쓰기에 대한 압박감이 느껴진다. 더는 초등 저학년 때처럼 짧은 글을 쓸 수 없다. 학교는 물론 학원에서도 1,000자 정도의 긴 글을 요구한다. 이때의 글이라는 것은 정보를 전달하는 지식 위주의 글이 아니다. 아이의 공부 실력, 벽돌 책 읽기 능력이 통하지 않는다. 글에 아이의 생각이 오롯이 담겨야 한다. 사람들이 원하는, 세상이 원하는 글은 그런 종류의 것이다. 정보 전달성 글은 부모님이나 선생님이 대신 써 줄 수 있다. 여기저기에 널린 정보들을 잘 짜깁기해서 아이에게 던져 주면 그만이다. 그러나 생각을 적는 것이 최종 목표라면 이야기가 달라진다. 아이의 생각을 알아낼 재간이 없다. 아이에게 물어도 무엇을 적어야 할지 모르겠다는 대답만 나온다. 1,000자 원고지가 고문 기구는 아닐 텐데 그 앞에만 앉으면 곡소리가 나도 모르게 흘러나온다. 수업 현장에서 마주치는 상황 역시 비슷하다. 학생이 직접 선생님을 찾아와 눈물을 방울방울 흘리는 식이다. 대체로 특목중 진학 또는 수상 실적을 위해 글쓰기 대회를 준비 중인데 도저히 어떻게 해야 할지 모르겠다는 게 요지다. 공부를 잘한다고 해서, 말을 잘한다고 해서 글쓰기가 해결되지 않는다.

대치동 학원가에 근무하며 글쓰기로 고민하는 수십 명의 아이[2]
를 만났다. 그리고 그 아이들과 부딪히고 대화하며 큰 깨달음을 얻었
다. 그 깨달음은 바로 "글쓰기는 쉽다"이다. 이게 무슨 '강아지가 우
는 소리'냐고 할 수도 있겠다. 그러나 진짜다. 글쓰기는 쉽다. 이 책을
통해 글쓰기가 쉬울 수밖에 없는 이유를, 글쓰기를 쉽게 할 수 있는
방법을 이야기해 보려고 한다. 책을 다 읽고 나면 "진짜 쉽네?" 하며
웃음이 나올 것이다. 『대치동 아이는 이렇게 씁니다』가 아이의 인생
을 그리고 부모의 마음을 윤택하게 만들 수 있길 진심으로 바란다.

---

2 책 속에 등장하는 아이들의 이름은 모두 가명이다. 가명으로라도 자신의 이름을 기꺼이
   내어 준 아이들에게 고마움을 전한다. 덕분에 소중한 어린 시절의 기억을 조심스레 책
   속에 새길 수 있었다.

여는 글

차례 ──────────────────────────────

004   여는 글

1장   **엄마의 말** **"글쓰기까지 시켜야 해요?"**

014   바야흐로 이야기의 시대
022   천일야화 속 세헤라자데처럼
032   화자가 되어야 독자도 될 수 있다
042   내 아이의 장점을 드러내는 가장 단순한 방법
048   **엄마의 키워드**

2장   **아이의 말** **"엄마, 나 아무 생각이 안 나"**

054   하얀 것은 종이, 검은 것은 글씨
063   <글쓰기 제1법칙> 빌드 업(Build-Up)
066   잘 노는 아이가 잘 쓴다
075   <글쓰기 제2법칙> 요약 → 비교 → 해석 → 견해
082   글감을 저장해 주는 마법의 달력 단어장
092   '눈'과 '마음'으로 일기 쓰기
103   <글쓰기 제3법칙> '두 번 쓰기'를 향한 신뢰
105   **아이의 키워드**

009

3장 **엄마의 말** "이제 잘 쓰는 것 맞아요?"

110 글쓰기에 왕도는 없다
116 객관적인 글은 '훈련'이 필요하다
124 많이 쓰고, 많이 생각하게 하려면
131 대치동표 추천 도서 '무엇을 읽혀야 할까?'
141 **엄마의 키워드**
144 **아이와 읽기 좋은 1970년대 소설**

4장 **아이의 말** "선생님, 이번 글은 망했어요"

154 망한 인생이 없듯, 망한 글도 없다
162 지우개 없이 글을 쓸 수 있을까?
171 글을 어루만지자 눈물이 떨어졌다
178 퇴고를 놀이처럼
186 **아이의 키워드**

5장　선생님의 말 **"그러므로 글쓰기는 계속된다"**

192　장인 교육을 멈출 수 없는 이유

201　책을 읽을 때는 연필을 들어라!

209　수능 문해력을 키우려면? 자유로운 해석 독서법+능동적 독서

212　'따라 적기'는 언제나 유효한 일

223　문장력이 상승하는 필승 필사법! 바른 자세로, 소리를 내자

225　누구를 위한 '글쓰기'인가

232　**선생님의 키워드**

235　**나가는 글**

240　**율T가 권하는 책**

242　**참고 문헌**

1장

엄마의 말

"글쓰기까지 시켜야 해요?"

바야흐로 이야기의 시대

국어 강사로 일하면서 "글쓰기까지 시켜야 하나요?"라는 질문을 많이 받았다. 수업 커리큘럼에 '글쓰기'가 필수 과제로 포함된 학기에는 글쓰기 관련 문의가 끊이질 않는다. 물론 글쓰기를 남들보다 못해도 대학에 진학할 수는 있다. 내 아이가 글쓰기에 흥미가 없다면 글쓰기와 관련 없는 과를 선택하면 그만이라고 생각하는 학부모님도 많다. 틀린 말은 아니다. 그러나 맞는 말이라고 볼 수도 없다. 왜일까?

인기 학과의 순위는 매년 조금씩 달라진다. 물가 상승, 취업난 등의 여러 사회 문제들과 그해 가장 파급력이 컸던 드라마 주인공의 직업이 무엇이었느냐에 따라 순위가 변동되는 듯하다. 그에 따라 아이들이 집중해서 공부하는 과목 역시 사소하게나마 달라진다. 그러나 대치동에서 가장 '핫'한 과목은 예전이나 지금이나 '수학'이다. 이는 절대 불변의 진리처럼 달라진 적이 없다. 한국 교육에서 수학이 차지하는 위상은 매우 크다. 한국은 동아시아에서 수학을 가장 열심히 하는 나라다. 사고력 증진에 수학이 필수적이라는 사실을 대다수가 알고 있는 영리한 국민의 국가이기도 하다. 대치동에는 초등학생인데도 이미 수능 수학을 넘어 대학 수학까지 선행 중인 '수학 천재'들이 있을 정도다. 특별한 재능이 있는 아이일수록 학부모님의 의구심은 더 커진다. 수학, 과학을 하기에도 바쁘고 국어를 공부하는 것도 힘든데 왜 글쓰기로 부담을 가중해야 하느냐는 것이다. 이때 내가 전달하는 화두는 늘 똑같다. 우리는 '바야흐로 이야기의 시대'에 살고 있다.

'이야기의 시대'라는 말이 어색하게 들릴 수 있다. 또는 이천 년대 초를 주름잡았던 만화인 『원피스(ワンピース)』[3]의 주인공 루피를 떠올리며 "난 해적왕이 될 거야!"라는 대사를 생각하는 분도 있을 것이다. 루피가 살았던 시대는 '대해적의 시대'다. 해적왕으로 불리던 'G. 로저'가 죽으며 남긴 희대의 보물 '원피스'를 찾기 위해 전국 각지

---

3 일본의 유명 만화가 오다 에이치로(尾田栄一郎)의 작품. 소년 해적 루피(Luffy)를 주인공으로 한 모험 이야기이다. 1997년 7월 만화 잡지 『주간 소년 점프』를 통해 연재되었다.

"글쓰기까지 시켜야 해요?"

에서 새로운 해적들이 나타난다. 이들은 서로 싸우며 차기 해적왕이 되기 위해 노력한다. 아이들도 글쓰기를 배워서 '이야기 왕'이 되어야 하느냐고? 그런 말이 아니다. 글쓰기는 실체가 있는 보물이 아니다. 실체가 있으면 쉽게 품에 안아 왕이 될 수 있을지 모르지만 그렇지 않다. 또 이야기는 결국 끝이 나기 마련이다. 한 명의 사람이 얼마만큼의 이야기를 만들어낼 수 있을까? 상상력이 아무리 뛰어난 사람이라 할지라도 이야기는 바닥을 드러내기 마련이다. 물론 다작으로 유명한 일본의 추리 소설가인 히가시노 게이고(東野圭吾)는 데뷔 이후 50권이 넘는 소설을 출판하기도 했다. 그러나 그런 사람은 소수다. 한 사람이 뇌라는 창고 안에 소유할 수 있는 이야기에는 한계가 있다. '이야기 왕'은 없다. 그러나 '이야기형 인간'은 있다.

'이야기형 인간'은 우리 사회의 모습을 잘 생각하면 금방 이해할 수 있는 개념이다. 과거 우리가 살던 세계는 왕정 사회였다. 특별한 권력을 지닌 왕이 신하와 국민을 다스리는 시대가 왕정 사회다. 이때 사람들은 왕만이 특별한 것을 소유할 수 있다고 믿었다. 이때 말해지는 특별한 것은 권력, 명예, 돈 등 여러 가지가 될 수 있겠다. 그러나 왜 왕만이 특별한 권력을 가져야 하느냐는 생각이 여러 사람의 머릿속을 스쳤고 이른바 '혁명'이 일어나게 된다. 왕은 사라졌고 평등한 사회가 만들어졌다. 평등해진 삶 속에서 사람들은 자신의 개성과 우수함을 드러내기 위해 갖은 노력을 기울인다. 현대로 치자면 대학 졸업장, 각종 자격증, 부동산 등이 노력으로 얻을 수 있는 부분일 것이다. 안타깝게도 졸업장, 자격증, 부동산을 얻기 위해서는 많은 시간이 소요된다. 운이 좋은 사람들의 경우 빠르면 20대 초반부터 결실을 얻을 수 있다. 그러나 대부분은 위와 같은 결실을 얻기 위해 일생의 반을 전속력으로 달려야 한다. 더욱 안쓰러운 점은 일생의 반을 전속력으로 달린다고 하더라도 결실을 얻지 못할 수 있다는 것이다. 이는 개인의 노력 부족이라기보다는 환경의 문제가 더 크다. 처음부터 더 많은 재산을 가졌던 사람, 더 좋은 유전자를 타고난 머리 좋은 사람은 분명 존재한다. "어쩔 수 없군. 저 사람들이 더 우수한 건 사실이니까"라며 맥을 놓고 있다면 우리는 왕을 몰아내지 못했을 것이다. 혁명의 시대를 지나쳐 평등 사회를 이룩한 사람들은 개인의 이야기를 듣기 시작했다. 졸업장, 자격증, 부동산이 없어도 '그 사람은 과연 어떤 사람인가'를 궁금해하기 시작한 것이다.

'이야기형 인간'은 어떻게 사회에 뿌리를 내렸을까? 분명 처음에는 일대일로 오랜 시간을 들여 누군가의 인생 이야기와 거기서 얻은 깨달음을 정성껏 들어 주었을 것이다. 그러나 한 사람, 한 사람의 이야기를 모두 듣기란 어렵다. 인생 전반을 소화해야 하는데 그 시간이 짧을 리 만무하다. 사람들은 많은 이야기를 효과적으로 채집할 수 있는 새로운 방법을 고민하기 시작했다. 그 과정에서 이야기를 듣는 것보다 글로 읽는 것이 훨씬 빠르다는 사실을 알게 되었을 것이

"글쓰기까지 시켜야 해요?"

다. '자기소개서'라는 개념도 해당 지점에서 탄생했을 터다. 표면으로 드러나지는 않지만 어딘가에 있을 특별한 사람을 찾아내는 '마법의 서류'가 자기소개서인 셈이다.

한국은 이야기를 좋아하는 사회다. 직장에 입사할 때는 물론이고 대학교에 입학할 때도 자기소개서를 적는다. 최근에는 특목고 진학을 앞둔 중학생들까지 자기소개서를 적는다. 이쯤 되면 세상에 첫 발을 내딛는 사람들이 필수적으로 거쳐야 하는 코스가 자기소개서라는 데에 반대할 사람은 없을 것이다. 초등학생들은 안 적어도 되니 다행이라고? 아니다. 조만간 초등학생들 역시 자기소개서의 세계에 발을 들이게 될 것이다. 경기도 유명 특목중의 경우 지난 2023년 입시부터 학생들에게 자기소개서를 요구하고 있다. 시험 성적이 좋은 학생뿐만 아니라 더 다양한 개성을 지닌 학생들을 육성하겠다는 의지가 자기소개서 취합에서 드러난다. 내가 가르쳤던 한 학생 역시 자기소개서 준비로 몇 달 동안 땀방울을 흘렸다. 자신의 이야기를 오롯이 녹여내는 일이 처음인 사람의 빛나는 성장을 지켜보면서 흐뭇함을 감출 수 없었던 기억이 떠오른다.

우리는 결국 '내 이야기'를 할 수밖에 없는 시대에 살고 있다. 소설가처럼 글을 잘 쓰라는 것이 아니다. 최소한 '내 이야기' 정도는 타인에게 제대로 전달할 수 있어야 한다. 그래야 서사가 넘쳐나는 시대에서 살아남을 수 있다. 내 아이도 예외는 아니다. 언젠가 한 번쯤은

엄마의 말

자신의 이야기를 세상에 소개해야 한다. 그때가 왔을 때 조금 더 정돈되고 자연스러운 형태의 글을 쓰려면 이야기가 몸 안에 장착되어 있어야 한다.

앞서 언급한 특목고, 특목중의 자기소개서 사례를 읽으며 "대치동에는 자기소개서를 전문으로 작성해 주는 학원도 있다고 하던데 그런 곳의 도움을 받으면 안 되는 걸까?"라고 생각한 분도 계시리라 본다. 맞다. 도움을 받을 수 있다. 그러나 그 도움은 현재에는 통용되지 않는다. 완성된 자기소개서를 학교나 관련 기관에 직접 제출하던 시기에는 선생님이나 부모님의 도움을 받을 수 있었다. 그러나 지금은 아니다. 많은 학교에서 자기소개서를 사전에 제출하는 형태가 아니라 현장에서 직접 적는 형태를 선호하고 있다. '직접 적는 형태'를 선호한다는 것은 무슨 뜻일까? 학교나 기관이라고 해서 잘 쓴 이야기를 읽기 싫어하는 것이 아니다. 사전 제출을 통해 맥락과 맞춤법이 완벽한 글을 읽으면 내는 사람도 읽는 사람도 서로 좋다. 그러나 사전 제출 글쓰기에는 함정이 있다. 그 이야기가 진짜 그 사람의 이야기인지 확신할 수 없다. 이미 지나간 영웅담을 자신의 이야기인 양 소개할 수도 있고, 직접 글을 쓰지 않은 경우도 허다하다는 것을 이제는 모두가 알고 있다. 우스갯소리지만 온라인 커뮤니티에 '자소설'이라는 단어가 유행하는 것도 이 때문일 것이다. '자소설'은 '자기소개서'와 '소설'을 합친 신조어다. 남들이 봤을 때 "우와!" 할 이야기를

"글쓰기까지 시켜야 해요?"

적어야 눈에 띌 수 있기에 사람들이 소설을 적듯 자기소개서를 적게 되면서 만들어진 단어다. 정말 자기소개서에 소설을 적는 사람이 있는지는 알 수 없다. 그러나 그런 시도를 하는 사람이 분명 있었기에 '자소설'이라는 단어가 만들어졌으리라 짐작된다. 소설의 형식이라도 빌려 나의 인생을 아름답게 소개하고픈 사람이 많다는 것 정도로 이해하면 그 노력이 가상하기까지 하다.

　도움 없이 스스로 이야기를 적어야 한다. 나중에는 그 이야기를 발화할 수도 있어야 한다. 자기소개서로 시작한 '이야기'는 후에 더 확장된 의미의 글쓰기를 자연스럽게 만든다. 아이가 외교관이 되든, 의사가 되든, 회사원이 되든 글쓰기는 필요하다. 기획서를 만들어야 하고 상사에게 제출할 보고서를 써야 한다. 전문직이라고 해서 예외는 아니다. 변호사는 변호문을, 의사는 논문을 써야 한다. 변호문은 육하원칙에 맞춰 사건을 맥락에 따라 정리하는 글로 법원에 제출하기 위한 것이다. 보고서와 논문은 그 형식의 차이는 있겠지만 내 아이디어를 타인에게 논리적으로 소개하기 위한 글이다. 변호사가 된 아이의 변호문에는 변호인을 위한 자신만의 정당하고도 독특한 의견이 반드시 수반되어 있어야 한다. 의사나 회사원이 된 아이의 보고서와 논문은 머릿속에 떠돌아다니는 굉장한 아이디어가 누구나 읽을 수 있는 형태로 정리된 것이어야 한다. 그래야 세상 사람들에게 통용되는 좋은 아이디어로 인정받을 수 있다.

글쓰기는 우리와 떼려야 뗄 수 없다. 다시 말하지만 모두가 글쓰기를 잘해야 한다는 게 아니다. 그러나 타인이 알아들을 수 있게끔 내 이야기를 만족스럽게 쓸 수 있을 정도는 되어야 한다. 왜? 우리는 '이야기의 시대'에 살고 있으니까. 그리고 우리는 이야기를 잘 쓸 수 있는 새능을 갈고닦기에 적합한 '이야기형 인간'으로 태어났으니까.

"글쓰기까지 시켜야 해요?"

천일야화 속 세헤라자데처럼

'이야기형 인간' 유전자를 백 퍼센트 발휘하는 글쓰기는 어떤 글쓰기일까? 사람들은 대체 어떤 글을 좋아할까? 무작정 쓰기만 한다고 되는 게 아니라는 사실은 누구나 알고 있을 것이다. 사람들은 본능적으로 잘 쓴 글과 그렇지 못한 글을 구분한다. 이야기 유전자가 시키는 대로 글을 읽다 보면 더 읽고 싶은 글과 더는 읽고 싶지 않은 글이 쉽게 구분된다. 대체 우리가 읽고 싶은 글은 어떤 글일까.

더 읽고 싶은 글과 관련된 이야기를 할 때 반드시 학생들에게 들려주는 설화가 있다. 중동의 구전문학인 『천일야화』다. 『천일야화』는 『아라비안 나이트』라는 이름으로도 잘 알려져 있다. 『천일야화』에 어떤 이야기가 담겨 있는지 모르는 사람은 거의 없을 것이다. 알라딘과 신드바드의 신비한 모험담, 심장이 쿵쿵거리는 알리바바와 도둑들의 잔꾀 줄다리기…… 그 외에도 약 280편의 다양한 우화들이 『천일야화』 속에 담겨 있다. 그러나 1,000일 하고도 1일이 더해진 시간 동안 끝없이 이야기를 꺼내 놓은 여성이 있다는 사실은 종종 기억 속에서 잊힌다. 『천일야화』의 시작은 세헤라자데[4]로부터 비롯된다. 세헤라자데라는 이름을 들었을 때 어딘가 익숙한 느낌이 들었다면 그 익숙함에는 이유가 있다. 어릴 적 책에서 세헤라자데의 이름을 들은 사람도 있겠지만 최근 세헤라자데라는 이름이 많이 언급된 건 '여왕'이라는 별명으로 유명한 피겨 스케이터 김연아 선수 덕분이다. 김연아 선수는 지난 2009년 세계피겨선수권 대회에서 강렬한 빨간색 의상을 입고 세헤라자데를 연기했다. 김연아 선수의 빨간 의상으로 우리 곁에 다가온 세헤라자데는 과연 어떤 여성이었을까?

　『천일야화』의 시작은 다음과 같다. 페르시아인들이 세운 사산 왕조에 백성을 사랑하는 뛰어난 왕이 살았다. 뛰어난 왕의 곁에는 아

4　세헤라자데(Scheherazade)의 규범 표기는 '셰에라자드'이다. 그러나 한국에서는 러시아 작곡가 림스키코르사코프의 음악과 포킨 안무의 발레뤼스의 작품인 <세헤라자데>, 그리고 김연아 선수의 피겨 스케이팅 프로그램 '세헤라자데' 덕분에 셰에라자드보다는 세헤라자데가 더 익숙한 듯하다. 이해를 돕기 위해 더 친숙한 이름을 사용하는 것이 옳다고 판단했다.

름다운 왕비도 있었다. 왕은 왕비를 워낙 사랑해서 세상 모든 진귀한 것을 다 구해 주었다. 그러던 어느 날, 왕은 믿을 수 없는 장면을 목격한다. 제일의 권력과 존귀함을 모두 가진 왕의 아내인 왕비가 왕궁에서 가장 천한 노예와 입맞춤하는 장면을 목격한 것이다. 왕은 분노를 참지 못하고 그 자리에서 왕비와 노예를 죽여 버린다. 왕의 분노가 단발적 살상에서 끝났다면 『천일야화』는 시작되지 않았을지도 모른다. 그러나 왕은 사랑했던 왕비에게 받은 참혹한 배신감으로 인해 여성 혐오에 시달리게 된다. 깊은 여성 혐오에 잠식당한 왕은 하나의 다짐을 한다. "이 세상에 있는 모든 여자를 짐의 손으로 죽이겠노라"라는 무서운 결심이었다. 그날부터 왕은 나라에 있는 처녀들과 닥치는 대로 결혼식을 올린다. 그러나 그 결혼식은 피의 결혼식이다. 왕과 결혼한 처녀들은 첫날밤 이후 모두 단두대로 끌려가야하는 운명에 처한다. 왕비라는 고귀한 신분으로 올라선 즐거움이 하루를 넘기지 못하는 것이다. 몇 년의 시간이 흐르는 동안 여성 혐오에 걸린 왕 때문에 나라 안에 있는 여성들이 거의 자취를 감출 지경에 이른다. 백성들은 이슬람교의 절대 신인 알라(Allah)에게 제발 착했던 왕을 돌려 달라고, 그것이 어렵다면 죽여 달라고 기도하기에 이른다. 그때 재상의 딸인 세헤라자데가 자진해서 왕의 신부가 되겠다고 선언한다. 재상은 사랑하는 딸의 주검은 볼 수 없다며 극구 반대한다. 그러나 세헤라자데는 용맹하게 왕의 침실로 향한다.

왕은 자진해서 왕비가 되겠노라 선언한 세헤라자데에게 호기심을 가지고 있었을 테지만 티를 내지는 못했다. 여성 혐오라는 가면을 벗을 수 없는 분명한 이유가 존재하고, 왕이라는 자존심이 세헤라자데를 향한 호기심을 용납하지 못했을 테니 말이다. 왕은 세헤라자데에게 아침이 되기 진에 하고 싶은 말이 있다면 얼마든지 해도 좋다고 허락한다. 세헤라자데가 뭐라고 이야기했을까? "살려 주세요"? "재상인 아버지만은 죽이지 마세요"? "여동생 두니쟈드만은 신부로 들이지 마세요"? 세헤라자데는 왕이 상상치도 못한 이야기를 시작한다. "옛날에 알라딘이라는 청년이 살았습니다"로 시작하는 이야기를 말이다. 이것이 그 유명한 세헤라자데표 『천일야화』의 시초다. 왕은 시간이 가는 줄 모르고 세헤라자데의 이야기에 빠져든다. 그러나 야속하게도 아침을 알리는 닭의 우렁찬 목청이 침실을 가득 채운다. 칼을 든 신하들이 왕의 침실에 들어와 세헤라자데를 데려갈 준비를 한다. 세헤라자데는 알라딘 이야기의 클라이맥스 부분에서 이야기를 뚝 끊는다. 그러더니 왕에게 "다음 이야기를 해 드리고 싶지만 해가 떴네요. 단두대로 향할 시간입니다"라며 마지막 인사를 한다. 클라이맥스 부분에서 이야기를 끊다니! 이야기를 하다가 끊는 것을 싫어하는 성정은 한국인만 가진 것이 아닌 듯하다. 중동 사람들도 무척 싫어했나 보다. 왕은 세헤라자데의 처형을 멈춘다. 그리고 다음 날 이야기를 명령한다. 목숨을 구한 세헤라자데는 그날부터 밤마다

"글쓰기까지 시켜야 해요?"

왕에게 여러 이야기를 들려준다. 왕은 이제 칼을 든 신하들이 아침마다 침실에 방문하는 것조차 그만두게 한다. 이야기가 궁금해서 세헤라자데를 죽일 수 없기 때문이다.

그러나 세헤라자데의 이야기 주머니도 바닥을 보인다. 1,001일이 되는 날, 세헤라자데는 왕에게 자신이 가진 모든 이야기가 끝났다고 솔직하게 고백한다. 왕은 이야기가 정말 재미있었다고 칭찬한다. 그 순간 왕의 머릿속에 '이제 세헤라자데를 어떻게 할 것인가'라는 생각이 스친다. 그 생각을 알고 있기라도 한 듯 세헤라자데는 왕에게 선물을 준다. 선물은 1,001일의 시간 동안 자신과 왕 사이에서 탄생한 세 명의 아들이다. 한 아이는 걸음마를 하고, 한 아이는 땅바닥을 기면서 책장을 구기며 놀고 있다. 태어난 지 얼마 되지 않은 막내는 아직 유모 품에서 곤히 자고 있다. 왕은 세 아이의 어머니이자 지구 최강의 처세술, 놀라운 상상력을 지닌 세헤라자데를 죽일 수 없음을 깨닫는다. 왕의 여성 혐오는 눈 녹듯 사라진다. 이후 왕과 세헤라자데는 세 아들과 함께 행복하게 여생을 보낸다.

세헤라자데의 이야기를 아는 사람이라면 어떤 글이 좋은 글인지 단박에 눈치챘을 것이다. 다음이 궁금해지는 이야기는 좋은 이야기일 수밖에 없다. 타인의 눈길을 사로잡고 계속해서 읽고 싶은 글이 좋은 글이 아니라면 그 어떤 글도 좋은 글이라 이름 붙여질 수 없을 것이다. 다음이 궁금해지는 이야기는 거장의 논문처럼, 노벨문학상 후보자로 거론되는 소설가의 소설처럼 정교하지 않아도 된다. 조금 과장되고 앞뒤 연결이 서툴러도 괜찮다. 나만의 이야기가 가지고 있는 신빙성과 솔직함이 있다면 사람들은 다음을 궁금해한다.

'웹소설'은 최근 가장 유행하는 문학 형태 중 하나다. 이천 년대 초 유행했던 '인터넷 소설'이 발전된 형태가 웹소설이라 보면 되겠다. 인터넷 소설보다 이야기의 흐름은 더 유려해졌지만 사람들이 스마트폰으로 읽을 수 있을 정도로 길이는 간소해졌다. 웹소설은 이야기의 흐름이 하나의 주제를 향해 달려 나가는 글이기에 복잡하지 않다. 또 일일 드라마처럼 사람들이 가장 궁금해할 부분에서 '다음 화에 계속'을 띄우기 때문에 웹소설을 안 읽은 사람은 있어도 한 번만 읽은 사람은 없다는 이야기가 나올 정도다. 지난 2022년 선풍적 인기를 끌었던 JTBC 드라마 <재벌집 막내아들> 역시 웹소설이 원작이다. 소설의 재미 측면을 가장 증폭시킨 형식이 웹소설이다 보니 드라마에서도 성공을 거둘 수 있었던 것으로 보인다.

세헤라자데의 이야기, 그리고 웹소설은 우리가 지향해야 할 이야기의 한 단면을 보여 준다. 누구나 읽고 들을 수 있을 정도로 쉽되 끊임없이 궁금증을 유발해야 한다. 끊임없이 궁금한 이야기를 쓰는 방법은 어렵게 느껴진다. 그러나 다행스럽게도 인간은 호기심의 동물이다. 호기심을 끌 만한 특별한 부분이 존재한다면 자연스럽게 코난[5]과 같은 호기심이 작동한다. 글쓰기 수업을 진행할 때 아이들

"글쓰기까지 시켜야 해요?"

에게 세헤라자데의 이야기를 해 준 뒤, 꼭 덧붙이는 말이 있다. 바로 **"구체적으로 쓸 것"**이다. 구체적으로 쓰라는 것은 내가 겪은 상황, 내가 상상한 이야기를 매우 자세하게 서술하라는 것이다. 조금 뻔한 표현이나 앞뒤가 안 맞는 묘사가 나와도 괜찮다. 글쓰기에는 '퇴고'라는 고치기 작업이 있으므로 그때 고치면 그만이다.

내가 가르쳤던 학생 중 한 명인 세리는 글쓰기와 관련된 고민을 안고 있었다. 스스로 생각하기에도 글을 꽤 깔끔하게 잘 쓰는 것 같은데 교내 또는 교외 글짓기 대회에서 한 번도 상을 받은 적이 없다고 했다. 심지어 국어 학원 글짓기 대회에서도 최종 수상자로 선정된 적이 없다며 볼멘소리를 내기도 했다. 내가 보기에도 세리의 글은 참 깔끔했다. 모든 군더더기를 깨끗하게 덜어내서 마치 완벽한 방정식을 보는 느낌이었다. 세리의 문장은 대체로 다음과 같았다.

> "우리 사회에는 남녀 차별, 외국인 노동자 차별 등의 불평등이 많다."

---

5 아오야마 고쇼(青山剛昌)의 추리 만화 『명탐정 코난(名探偵コナン)』의 주인공. 『명탐정 코난』은 1994년부터 현재까지 쇼가쿠간에서 발행하는 만화 잡지인 『주간 소년 선데이』를 통해 연재 중이다.

너무나 깔끔한 문장이다. 더 궁금한 게 없을 정도로 말이다. 세리에게 세헤라자데 이야기를 해 주었다. 더불어 웹소설에 관한 이야기도 해 주며 상대방의 호기심을 부르는 글에 대해 설명했다. 세리는 고개를 끄덕인 후 하원했다.

며칠 뒤, 급한 상담 전화가 왔다. 세리가 당분간 TV를 보지 않을 테니『재벌집 막내아들』[6] 전집을 사 달라고 했다는 것이다. 학부모님은 '책'이라는 말에 별생각 없이 세리가 원하는 대로 전집을 선물했다. 문제는 다음에 벌어졌다. 책을 사 준 후부터 세리가 며칠간 잠도 잊은 채 독서 중이라고 했다. 학부모님은 그제야 5권이 한 세트인, 두꺼운『재벌집 막내아들』이라는 책이 일반 소설이 아니라 웹소설임을 알게 되었다. 세리에게 책을 그만 읽으라고 해야 하는 것인지, 이대로 두어도 괜찮은 것인지 알 수가 없어 상담을 요청했다는 목소리가 전화기 너머로 들려왔다. '내 탓이구나' 싶은 생각과 함께 아이의 글이 어떤 형식으로든 분명히 바뀌겠다는 기대감이 차올랐다. 학부모님께는 두꺼운 책을 읽어 낼 수 있는 능력을 기르는 과정 중 하나로 기쁘게 받아들여 달라고 부탁드렸다.『재벌집 막내아들』을 완독한 이후에는 아이의 취향에 맞는 두꺼운 고전 소설을 추천드리겠다고도 약

---

6 산경(山景) 작의 현대 판타지 웹소설. 2017년 2월 최초 연재, 2018년 1월 완결되었다. 종이책은 드라마의 인기에 힘입어 2022년 출간되었다.

"글쓰기까지 시켜야 해요?"

속했다.

한 주가 지나고 세리가 밝은 미소를 지으며 등원했다. 『재벌집 막내아들』이 정말 재미있었다고, 다음을 궁금하게 하는 이야기가 어떤 것인지 알 것 같다는 말과 함께였다. 세리의 글은 다음처럼 바뀌어 있었다.

"우리 사회에는 비밀이 숨겨져 있다. 첫 번째 비밀은 지난 6월, 육아 휴직을 이유로 승진에서 떨어진 엄마의 일화에서 찾을 수 있다."

세리는 우리 사회의 불평등을 '비밀'이라는 자신만의 언어로 치환했다. 그리고 남녀 차별 문제를 신문 기사 속 한 일화에서 끌어와 구체성을 더했다. 다음이 궁금하지 않은 문장을 쓰는 예전의 세리는 없었다. 평범한 직장인에서 재벌가의 막내 손자로 환생한 『재벌집 막내아들』의 주인공처럼 세리의 글은 달라져 있었다.

일주일 만에 세리가 놀라운 성장을 보일 수 있었던 이유는 무엇일까? 세리는 『재벌집 막내아들』을 읽으며, 그리고 국어 수업을 들으며 어떻게 글에 구체성을 더할 수 있는지 어떤 단어가 독자의 호기심을 끄는지 학습했다. 물론 첫술에 배가 부를 수는 없는 노릇이라 지나친 신조어나 웹소설 식의 정제되지 않은 표현이 글에 나올 때면

엄마의 말

함께 퇴고 작업을 거치기도 했다. 세리는 몇 번의 퇴고 이후 글쓰기에 감을 잡았다. 예전에는 "놀았다, 재미있었다" 등의 단조로운 표현뿐이었다면, 이제는 "그날의 햇빛은 너무 밝아서 내가 웃는 이유까지 잊게 만들었다"와 같은 문장이 등장하기 시작했다. 세헤라자데처럼 글을 쓰는 것은 어렵지 않다. 구체적일 수만 있다면, 내가 아는 것을 성심성의껏 적는 노력이 동반된다면 누구나 해낼 수 있다. 여기에 독자의 호기심을 불러일으키는 약간의 양념이 첨가된다면 정말이지 금상첨화다.

화자가 되어야 독자도 될 수 있다

고등학교 진학 이후, 수능 대비 모의고사를 풀며 아이들이 직면하게 되는 가장 큰 문제는 무엇일까? 한 번도 읽어 보지 못해 내용 자체를 모르는 문학? 수능 오답률의 가장 큰 축을 차지하는 문법? 성향에 따라 문학이나 문법을 어렵게 여기는 경우도 물론 존재한다. 그러나 학생들이 가장 어렵게 여기는 부분은 비문학이다. 왜 비문학에서 벽을 느끼는 걸까.

비문학을 두 갈래로 찢는다면 '설명문'과 '논설문'으로 구분할 수 있다. 설명문은 어떤 사물 또는 현상과 관련된 자세한 정보를 나열하는 글이다. 논설문은 특정 주제나 사회적 문제에 대한 자신의 견

엄마의 말

해와 주장을 체계적으로 밝히는 글이다. 논설문의 경우 기술적인 측면을 익히면 주제를 찾는 것이 그리 어렵지 않다. 모의고사 지문으로 출제될 정도로 수준 높은 글을 적는 화자라면 글의 **처음**이나 **끝**에 반드시 **주제**를 언급하게 되어 있다. 글을 거침없이 적는 화자일 경우에는 글의 중간 부분에 주제를 '툭' 던지기도 한다. 하지만 집중해서 글을 읽는다면 충분히 주제를 찾을 수 있다.

아이들은 갖은 '읽기 기술'이 통하지 않는 설명문을 논설문보다 더 어려워한다. 설명문을 왜 어려워하는지 '설명'하려면 비문학 체계부터 이야기해야 한다. 수능에 등장하는 비문학은 크게 '인문', '사회', '과학', '기술', '예술' 등 다섯 갈래로 나눌 수 있다.

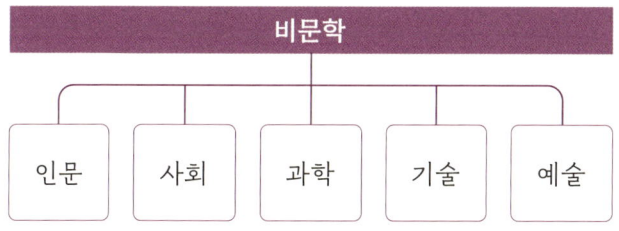

이때 과학과 기술은 하나의 갈래로 봐도 무방하다. 과학에 관한 이야기를 기술적 설명 없이 풀어내는 일은 생각보다 쉽지 않다. 그래서 기술적인 내용을 덜어내고 과학만 설명하는 것이 오히려 더 어렵다. 지문으로 출제될 때도 두 영역이 함께 담긴 글이 더 적절한 난이도를 만든다. 예술은 미술, 음악, 연극 등 예술과 관련된 글을 총칭한

"글쓰기까지 시켜야 해요?"

다. 예술 관련 글은 어렵지 않다. 영화나 뮤지컬, 음악에 관한 경험이 전무(全無)한 고등학생은 거의 없다. 또 16~18세 정도에는 깊지 않더라도 나름대로 예술에 대한 배경지식이 어느 정도 축적된 상황이기에 예술 지문을 쉽게 풀 수 있다. 그렇다 보니 최근 수능과 모의고사에서 예술 관련 지문은 서서히 사라지는 추세다.

그러나 예술 관련 지문이 아예 사라질 수는 없는 노릇이다. 수능의 의도를 다시 생각해 보자. 우리가 쉽게 '수능'이라고 부르는 시험의 원래 이름은 '대학 수학 능력 시험'이다. 이때 수학은 학문을 닦는다는 뜻을 지닌 '수학(修學)'이다. 대학에 와서 공부할 수 있을 정도의 학문적 실력이 되는지를 판단하는 시험이 수능인 것이다. 대학에는 예체능 관련 과도 존재한다. 균형성을 위해서라도 예술 지문이 빠질 수 없다. 그래서 예술 지문이 인문 지문과 함께 융합된 형태로 나오는 때가 많다. 우리가 주변에서 흔히 볼 수 있는 예술적 현상을 철학의 시선에서 봤을 때를 설명하는 글이 대표적 융합 지문이다. 인문과 예술이 융합되면 각 갈래가 따로 제시될 때보다 지문의 질이 훨씬 높아진다.

학생들이 가장 어려워하는 비문학 갈래는 단연 '사회'다. "우리 주변의 이야기를 하는 게 사회 아닌가? 뉴스를 잘 보는 아이들이 꽤 많을 텐데?"라는 생각이 들겠지만, 이것은 오산이다. 영상과 그림을 활용하는 뉴스와 달리 비문학 지문은 오로지 글로써 정보를 전달한

엄마의 말

다. 사회 분야 비문학은 경제, 정치, 법 등의 이야기를 담고 있다. 아이들이 직접 경험해 보지 못한 생소한 분야의 이야기가 사회 분야 비문학인 셈이다. 경제 관련 지문이 시험에 나오면 고전을 면치 못한다. 금리, 부동산, 주식 등 어른들의 세계에서 주로 쓰이는 단어가 지문에 등상하면 배경지식의 절대적 부족과 낯선 감각 때문에 포기를 선언하는 아이들이 속출한다. 당장 포털 사이트 검색창에 '경제 지문'이라고 검색해 보라. 금년 수능에 경제 지문이 나오는지 묻는 가련한 고등학생들, 수능 선지로 나올 법한 경제 용어들을 정리한 블로그나 신문 기사들이 쏟아질 것이다. 그 정도로 사회 분야 비문학은 아이들에게는 '공공의 적'이다.

다시 돌아가서, 학생들은 왜 설명문을 어려워하는 걸까? 설명문은 정보를 전달하는 글이다. 우리는 정보 관련 글을 언제 읽을까? 당연히 정보를 처음 접할 때다. 새로 출시된 장난감을 살 때, 신형 스마트폰을 구매할 때, 몇 달을 기다리던 가전제품이 드디어 집으로 배송되었을 때 설명문을 읽는다. 사실 위와 같은 설명문은 얼마든지 즐겁게 읽을 수 있다. 정보를 받아들일 준비가 완벽히 되어 있기 때문이다. 아무리 어려운 설명문이라 할지라도 사랑으로 설명문을 차근차근 읽게 된다. 그러나 설명문이 수능 지문이라면 어떨까? 게다가 나의 사랑과는 전혀 관계없는 양자역학이나 상속법, 채권 등의 설명문이라면? 난이도가 단숨에 솟구치게 된다. 그러나 수능은 시험

"글쓰기까지 시켜야 해요?"

이다. 내 관심 밖이라고 해서 지문을 읽지 않고 넘어갈 수 없다. 최대한 지문을 꼭꼭 씹어 읽은 다음 알맞은 답을 도출해 내야 한다. 아이들은 그런 부담감 속에서 설명문을 읽는다. 논설문처럼 글쓴이의 주장을 찾는 것이 아니라 불특정한 물체나 현상에 관한 설명을 처음부터 끝까지 읽어야 하는 것이다. 아이들이 설명문을 어려워할 수밖에 없는 이유다.

내 아이가 자주 틀리는 부분이 비문학이고, 그중에서도 설명문에 약한 것을 알게 되었을 때 쉽게 할 수 있는 생각은 **"부족한 배경지식을 채우자!"**이다. "경제와 관련된 기본 서적을 탐독하면 사회 갈래 비문학을 만났을 때 조금 더 효과적이지 않을까?" 같은 생각을 하게 되는 것이다. 반은 맞고 반은 틀린 생각이다. 모의고사와 수능은 아이들이 생전 처음 보는 지문을 만나는 자리다. 다행스럽게도 책에서 배경지식을 학습했던 영역의 지문이 시험에 나와 준다면 알고 있는 지식과 지문을 적절히 조합해 문제를 해결하면 된다. 그러나 시험은 그리 호락호락하지 않다. 수능 선지는 그해의 시사 키워드를 반영하는 경우가 많다. '대규모 멀티모달 모델(LMM)'[7]이나 'RE100'[8] 등 미처

---

7 미국의 오픈 AI인 'GPT-4o'는 대표적 '대규모 멀티모달 모델(Large Multimodal Model, LMM)'이다. 텍스트는 물론 이미지, 음성, 영상을 분석해 결과물을 내놓는다.
8 'RE100(Renewable Electricity 100)'은 기업이 사용하는 전기의 백 퍼센트를 재생 에너지로 전환하자는 의미를 가진 환경 캠페인이다.

아이들이 읽는 책으로 출판되지 못한 개념들이 나오기도 한다. 수능 선지는 유명 책도 참고하지만 논문도 참고하기 때문이다. 이런 경우 아이가 시간을 내어 읽었던 경제 도서는 무용지물이 되어 버린다.

두 번째로 할 수 있는 생각은 **"부족한 분야의 지문을 집중적으로 연습하자!"**이다. 이것도 반은 맞고 반은 틀리다. 찬희라는 아이가 유독 철학(인문) 지문에 약해 철학 관련 지문을 열심히 읽고 문제도 많이 풀어 본다고 가정해 보자. 찬희는 분명 철학 지문에 익숙해질 것이다. 수많은 지문을 읽은 덕분에 최근 철학 동향 역시 충분히 학습된 상황이라 정말 어려운 지문이 아니고서는 인문 갈래 비문학을 거의 맞힐 수 있게 되었을 테다. 그러나 그동안 읽기를 게을리했던 사회나 과학, 기술 갈래에서 빈틈이 발견된다. 찬희는 사회나 과학, 기술 영역 비문학 역시 철학 지문을 학습할 때처럼 집중 학습을 하기 위해 애를 쓸 것이다. 그러나 찬희에게 주어진 시간은 너무나 한정적이다. 찬희는 책상 위에 가득 쌓인 비문학 문제집을 보다가 울음을 터트릴지도 모른다.

국어도 언어라는 사실을 잊은 사람들을 가끔 만나게 된다. 당연히 그럴 수 있다. 우리에게 너무 익숙해서, 입만 열면 자동으로 뱉어지는 것이기에 그리 노력하지 않아도 잘할 수 있을 거라 착각한다. 그러나 국어는 언어다. 우리는 영어, 일본어, 중국어 등의 외국어를 공부할 때 '감'을 잃지 않기 위해 노력한다. 매일 일정 시간을 투자해 단어를 외우고, 문장을 읽고, 원어민의 스피킹을 들으며 외국어의 미세한 감각을 체화하기 위해 노력한다. 국어도 똑같다. 언어이기 때문에 매일 반복해서 체화하는 것이 중요하다. '익숙하다'는 말을 다시 살펴보자. '어떤 일을 여러 번 반복해서 서투르지 않은 상태에 도달하는 것', '어떤 대상을 자주 보거나 겪어서 처음 대하지 않는 느낌이 드는 상태'에 있는 것을 '익숙하다'라고 말한다. 익숙한 것은 자주 본 것일 뿐 아직 '내 것'은 아니다. 진짜 '내 것'이 되기 위해서는 뼈를 깎는 인내의 시간이 필요하다. 국어를 '내 것'으로 만들겠다는 생각을 한다면 '익숙하다'는 핑계로 공부를 게을리할 수 없을 것이다. 부족한 분야의 비문학만 읽는다고 문제가 해결되는 것이 아니다. 기본적인 문해력을 신장시켜서 어떤 글을 읽더라도 자연스러운 독해가 가능할 정도의 실력을 가져야 한다.

첫째. 하나의 글을 여러 번 읽는 것

둘째. 글을 읽은 후 빈 종이를 꺼내 글의 내용을 요약하는 것

셋째. 화자(話者)가 되어 보는 것

엄마의 말

비문학 실력을 신장시키려면 '문해력'이 있어야 한다. 문해력을 키우는 방법에는 여러 가지가 있지만 특히 두 가지가 중요하다. 가장 효과적인 방법은 하나의 글을 여러 번 읽는 것이다. 같은 글을 여러 번 읽으면 처음에는 미처 보지 못했던 부분들이 서서히 눈에 들어오게 된다. 다섯 번쯤 반복하고 나면 머릿속에 글의 구조도가 그려진다. 글의 처음과 중간, 끝의 내용이 체계적으로 자리하게 되는 것이다. 같은 글을 여러 번 읽는 훈련은 시간은 오래 걸리지만 문해력을 키우기에 가장 적합하다. 같은 글을 반복해서 읽는 지루함을 조금만 견디면 글을 읽을 때마다 상승하는 스스로의 이해력이 머리와 가슴으로 느껴질 것이다. 반복해서 읽어 '내 것'이 된 글의 구조도는 다른 비문학 지문을 읽을 때 다시 적용할 수 있다. 구조도가 쌓이면 나중에는 글의 첫 문단만 읽어도 해당 글이 어떤 내용인지 연상할 수 있게 된다.

"글을 여러 번 읽으라고? 시간을 바닥에 버리란 말이네. 다음 방법이나 읽어야지"라고 생각하는 독자들이 분명 있을 것이다. 다음 방법을 말하기 전에 사과의 말씀을 전하고 싶다. 다음 방법은 첫 번째 방법보다 훨씬 시간이 오래 걸리는 비책이다. 글을 읽은 후 빈 종이를 꺼내 글의 내용을 요약하는 것이 두 번째 방법이다. 우리는 요약을 쉽게 보는 경향이 있다. 대충 글을 읽고 생각나는 것들을 옮긴다고 해서 요약문이 완성되는 게 아니다. 글을 읽을 때 구조가 어느 정도 머리에 정립되어 있어야 한다. 정립된 내용을 바탕으로 서론, 본론, 결론을 정리해야만 성공적인 요약문이 완성된다. 결국 좋은 요약문을 쓰기 위해서는 글을 여러 번 읽을 수밖에 없다. 첫 번째 방법의 확장형이 두 번째 방법이라 볼 수 있겠다.

문해력은 한번 쌓아 올리면 쉽게 무너지지 않지만 쌓아 올리는데 막대한 시간이 걸린다는 문제점이 있다. 내 아이의 문해력이 부족하다는 사실을 중학교 졸업 때나 고등학생 때 알게 된다면 마음이 막막해지기 마련이다. 그렇다고 포기할 수는 없다. 아직 하나의 방법이 더 남아 있다. 바로 화자(話者)가 되어 보는 것이다. 글쓰기를 통해서 문해력을 끌어올릴 수 있다. 여러 번 반복하지 않아도 된다. 두세 번의 연습만 있으면 금세 비문학 화자의 마음을 이해하게 된다.

미국에 관한 책 열 권을 읽은 사람과 미국에 한 번 다녀온 사람 중 어떤 사람이 미국의 분위기를 더 잘 알고 있을까? 우리는 이미 그 답을 안다. 경험에는 큰 힘이 있다. 마찬가지로 화자가 되어 본 아이들은 쉽게 유능한 독자가 된다. 내 의견을 타인에게 전달할 방법을 고민해 본 사람은 글의 구조를 자연스럽게 체화할 수 있다. 글의 처음과 끝에 주제를 배치하면 독자들이 편리하게 주제를 익힐 수 있겠다거나 적절한 접속어를 통해 글을 환기한 후 중요한 설명을 진행하면 되겠다는 것이 머릿속에 새겨지니 말이다. 화자가 되어 본 사람은 다른 화자 역시 자신처럼 글을 쓰리라는 것을 은연중에 학습하게 된

　　　　　　　　　　　　　　　　　엄마의 말

다. 글쓰기를 잘하는 아이 중 독해를 못 하는 아이가 없는 이유가 여기에 있다. 아이를 수동적인 '독자'로 키울 필요는 없다. 자녀를 스스로 말하는 '화자'로 키우면 '읽기 능력'은 저절로 따라온다.

"글쓰기까지 시켜야 해요?"

내 아이의 장점을 드러내는
가장 단순한 방법

학원 강사라는 직업은 지식 전달을 최우선의 과제로 안고 있다. 그러므로 강사에게는 학생들과 만나는 창구인 '수업'이 연예인의 빛나는 무대와 다를 바 없다. 이 말은 빛나는 무대를 함부로 비울 수 없다는 것을 뜻하기도 한다. 인기 아이돌 그룹 블랙핑크의 멤버 제니가 심한 복통으로 무대에 서지 못하게 되었다고 상상해 보자. 팬들은 제니가 무대에 서지 못한다는 소식에 쾌유를 빌며 각자의 집으로 돌아가거나, 그녀의 다음 무대가 언제인지 묻기 위해 소속사에 전화를 할지도 모른다. 그때 공지가 뜬다. "**제니** 대신 **데니**가 무대에 섭니다! 모두 돌아오세요!" 팬들이 돌아올까? 아마 소속사는 혹독한 수위의 욕을

엄마의 말

듣게 될 것이다. 데니가 누구든 제니의 자리를 대신할 수는 없다. 제니가 유일한 인물이기 때문이다. 한 명의 강사가 블랙핑크 제니처럼 대단하다는 말을 하고 싶은 게 아니다. 한 강사의 개성적 수업이 그만큼 고유하다는 말을 하고 싶은 것이다. 강사는 그래서 자리를 비울 수 없다. 장염에 걸려 5분에 한 번씩 화장실을 가면서도 지사제를 몇 알씩 먹으며 수업을 이어 가는 선생님들을 종종 뵙게 된다. 대신 수업을 해 드리고 싶어도 지사제를 먹으며 수업을 책임지는 그 마음을 알기에 함부로 '대신'이라는 단어를 입에 올릴 수 없다. 이처럼 강사에게는 수업이 최고의 가치를 지닌다.

그러나 강사가 '수업'만 할 수는 없는 노릇이다. 학원은 교육과 서비스가 합쳐진 특이한 형태의 기관이다. 아이들에게 지식을 잘 전달하는 것도 중요하지만 서비스 마인드를 장착해 각 아이의 개성을 살리는 교육 방식을 연구해야 하는 게 강사의 숙명이기도 하다. 아이의 개성을 알기 위해서는 오랜 시간에 걸친 관찰이 중요하다. 대체로 두세 달 정도 한 아이와 꾸준히 수업하면 말투, 습관, 친한 친구 등 사소한 정보들을 알게 된다. 그러나 두세 달은 다소 긴 시간이다. 하루하루가 다르고 예민한 아이들에게 조금 더 빠르게 다가가려면 아이의 개성이 적힌 '족보'가 필요하다. 그럴 때 이용하는 것이 상담이다.

학부모 상담은 크게 '아이가 학원에 처음 들어왔을 때', '시험 직후', '퇴원하기 전'에 이루어진다. 최초 상담에서 아이가 이제껏 어떤

식으로 국어 공부를 진행했는지, 글쓰기 실력은 어느 정도인지, 어떤 특징이 있는지를 알 수 있다. '내 아이가 우주 최고'인 학부모의 시선에서 나온 말이기에 첫 상담 때의 정보는 사실일 수도 있고, 진실과는 조금 거리가 있을 수도 있다. 그러나 아이의 기본적인 부분만큼은 확실하게 알 수 있기에 첫 상담은 반드시 진행해야 하는 필수 코스다. 이후에는 큰 평가나 학교 시험이 있을 때 상담이 필요하다. 강사 입장에서는 내 학생이, 학부모의 입장에서는 우리 아이가 어느 위치에 있는지 그리고 어떤 속도로 나아가고 있는지를 허심탄회하게 이야기하는 자리가 '상담'이다. 이때의 대화를 토대로 교육 방식을 바꾸기도 하고 수업 태도를 교정하기도 한다.

허심탄회한 이야기는 시험이 두어 번 정도 지나가면 서서히 줄어든다. 아이들은 알게 모르게 자란다. 언제 시간이 지나 아이가 이렇게 컸는지 모를 정도로 말이다. 그러나 아이의 옆에 붙어 있을 때는 성장이 그리 빠르게 느껴지지 않는다. 오히려 '답보 상태인 것이 아닐까?' 싶을 정도로 느리다. 중위권, 상위권, 극상위권 등 어느 위치에 아이가 안착하게 되면 6개월에서 1년 정도는 약간의 차이만 보일 뿐 성적에 큰 변화가 찾아오지 않는다. 이럴 때 강사와 학부모는 어떤 대화를 나누게 될까?

'라포 형성(Rapport Building)'이라는 상담학 용어를 좋아한다. '라포'는 관계라는 뜻을 가진 단어다. 사람과 사람이 만났을 때 형성되는 특별한 친밀감을 '라포'라고 부른다. 강사와 학부모의 관계도 결국 인간과 인간의 만남인지라 상담을 거듭하다 보면 친밀감이 쌓인다. 처음에는 아이를 사이에 두고 만난 관계라고 할지라도 시간이 지나 유대감이 형성되면 학습 이외의 주제로 이야기가 전개된다. 라포가 어느 징도 쌓인 학부모님과 대화를 나눌 때 반드시 듣게 되는 이야기가 있다. 미처 학원에서는 볼 수 없었던 아이의 장점에 관한 이야기다.

① "아이가 전국 체스 대회에 나갈 정도로 실력이 좋아요. 닌텐도를 못 하게 했더니 어느 순간 체스에 빠졌죠."

② "저희 아이가 가끔 말을 어눌하게 하죠? 어릴 때 러시아에서 오래 살았어요. 아이가 한국어랑 영어를 잘해야 하는데 러시아어를 잘해요. 아예 러시아어 쪽으로 길을 만들어 주려고 해요."

③ "아이가 얼마 전에 전교 회장에 당선되었어요. 집에서는 워낙 과묵해서 말이 없는 아이인 줄 알았는데 어떻게 후보 연설까지 했는지 신기할 정도예요."

④ "앞으로는 학교에서도 정식으로 코딩을 배우게 될 거라기에 코딩 학원에 보냈어요. 그런데 아이가 코딩에 관심을 보여요. 코딩 선생님께서도 재능이 있대요. 이번에 나간 코딩 경진 대회에서 좋은 소식이 있으면 좋겠어요."

⑤ "얼마 전에 아이가 작은 기획사에 캐스팅되었어요. 아이 아빠랑 상의도 해 보고 아이와도 이야기를 해 봤죠. 앞으로는 주말마다 기획사에 가서 연습생 생활을 하려고 해요. 오디션장에 갔을 때 깜짝 놀랐어요. 저희 아이가 노래와 춤을 그렇게 잘하는 줄 몰랐거든요."

행복한 목소리로 아이의 장점을 늘어놓던 학부모님은 상담이 막바지에 달할 때쯤 한숨을 푹 쉬신다. "기쁜 일인데 왜 한숨을 쉬세요?"라고 물으면 집에서나 자랑거리이지 공부가 아니니 세상 사람들이 알아주지 않을 거라는 대답이 돌아온다. 한숨 섞인 걱정은 안타깝게도 사실이다. 이 세상은 수치화할 수 있는 것으로 사람의 가치를 책정한다. 특히 한국 사회가 그렇다. 영어를 잘하는 사람은 토익 점수로 자신을 증명한다. 뛰어난 아이디어가 있는 사람은 논문을 통해 학위를 취득한다. 영업 사원은 판매 총액을 토대로 능력을 인정받는다. 수치화할 수 없는, 증거가 없는 자료는 쓸데없는 정보로 여겨지고 핑계로 치부되기도 한다. 그러나 우리는 '이야기형 인간'이다. 그리고 지금은 '이야기의 시대'다. 수치화되지 않는 분야에서 아이의 장점이 반짝인다면 그 장점을 드러낼 방법을 찾으면 된다.

'나'를 드러내는 글인 자기소개서나 에세이를 쓸 때 아이가 자신의 장점과 관련된 경험을 솔직하게 적을 수 있도록 이끌어 보자. 글을 읽은 세상 사람들은 수치로는 나타나지 않던 한 아이의 장점에 깜짝 놀랄 것이다. 직접 체스 시범을 보이거나 코딩 프로그램을 만드는 모습을 실시간으로 보여 주지 않아도 된다. 글을 통해 아이의 인생을 농축해서 세상에 전할 수 있다. 가끔 영화나 드라마에서 이런 말이 들려 온다. **"글에서 진심이 느껴졌어요."** 글쓰기는 마법 같은 활동이다. '쓰기'라는 단순한 행위를 통해서 마음이 전해지니 말이다. 수치화할 수 없었던 아이의 장점, 이면에 자리한 땀과 눈물은 그냥 두기엔 아까운 것들이다. 앞으로의 세상에서는 드러나는 수치보다 수치 이상의 이야기를 요구하는 일들이 많아질 것이다. 그때 우리는 글쓰기를 이용하면 된다.

"글쓰기까지 시켜야 해요?"

엄마의
키워드

이야기형 인간

'이야기의 시대'에 태어난 모든 이들을 지칭하는 단어. '나'라는 사람이 누구인지를 이야기 형태로 설명해야만 하는 오늘날이 바로 '이야기의 시대'이다.

> **ex** "요즘 아이들은 모두 '이야기형 인간'이잖아. 글로 자신을 나타내는 게 당연하지."

자기소개서(自己紹介書)

자기의 성명, 경력, 직업, 특기 등을 남에게 알리기 위해 쓰는 문서.

엄마의 말

대학교 입학, 또는 취업처럼 인생의 중요한 순간에 필수적으로 쓰게
되는 글이기도 하다.

> ex 자기소개서를 쓸 때 '나는 착하다'라고 써서는 안 된다. 착
> 한 성격이 드러나는 '경험'을 쓰는 것이 옳은 방향이다.

세헤라자데(Scheherazade)

『천일야화』 속 술탄(Sultan)* 의 왕비. 밤마다 재미있는 이야기를 들
려준 덕분에 목숨을 보전했다고 전해지는 전설의 이야기꾼이다.

> ex 요정 '지니' 이야기, 항해자 '신드바드'의 모험은 모두 세헤라
> 자데의 입에서 나온 민담이다.

퇴고(推敲)

글을 지을 때, 혹은 다 쓴 후에 여러 번 생각해서 고치는 일. 당나라
시인 가도(賈島)가 '僧推月下門(승퇴월화문)**'이라는 시구를 지을 때
'推(퇴)'를 '敲(고)'로 바꿀까 말까 오래 망설였다고 한다. 그때 학자 한
유(韓愈)를 만나 그의 조언으로 '敲(고)'로 결정했다는 데에서 유래한

---

* 이슬람교 국가의 군주를 지칭하는 말. 후에 오스만 제국의 황제를 이를 때도 '술탄'이라
  는 표현을 사용했다.

** 가도의 시 「題李凝幽居(제이응유거)」 속 문장. '승퇴월화문'은 '스님이 달빛 아래 문을 민
  다'라는 뜻이다.

"글쓰기까지 시켜야 해요?"

말이 '퇴고'이다.

> ex '퇴고'는 민다는 뜻을 지닌 '퇴(推)'와 두드린다는 뜻을 지닌 '고(敲)'가 합쳐진 말이다.

주제(主題)

1. 대화나 연구 따위에서 중심이 되는 문제.
2. 예술 작품에서 지은이가 나타내고자 하는 기본적인 사상.
3. 주된 제목.

> ex 글을 적을 때는 주제에 부합하는 내용을 적는 것이 좋다.

설명문(說明文)

읽는 이들이 어떠한 사항에 대해 이해할 수 있도록 객관적이고 논리적으로 서술한 글. 문학 작품 이외의 실용적인 문장을 이른다.

> ex "설명문의 원리를 이해해야 의견을 밝히는 글인 논설문, 시험용 글쓰기인 논술까지 잘 적을 수 있어."

논설문(論說文)

어떤 주제에 관해 자기의 생각이나 주장을 체계적으로 밝혀 쓴 글. 쉽게 '주장하는 글'이라 부르기도 한다.

> ex '로봇 기술의 발전과 미래', '초등학생이 유튜버로 활동해도

괜찮은가' 등은 최근 자주 등장하는 논설문 주제다.

화자(話者)

이야기하는 사람을 이르는 말. 통상적 표현으로 '글쓴이'가 있다.

> ex 시(詩)에서 화자와 시인은 동일 인물일까? 정답은 '아니다'이
> 다. 시적 화자는 '시의 주인공'이고 시인은 '시를 쓴 사람'이
> 다. 간혹 동일할 때도 있지만 대체로 다르다.

2장

아이의 말

"엄마, 나 아무 생각이 안 나"

하얀 것은 종이, 검은 것은 글씨

"선생님은 어떻게 국어 선생님이 되었어요?" 아이들의 단골 질문이다. 답을 하자면 어린 시절부터 문과(文科)형 공부에 재능을 보였다. 국어나 사회 탐구, 외국어 등의 과목은 오랜 시간 공부하지 않아도 저절로 성적이 나왔던 기억이 난다. 그러나 문과형 공부에 재능이 있는 사람은 대체로 이과(理科)형 공부를 어려워한다. 수학이 그렇게나 어려웠던 것이 어른이 된 지금까지도 공포로 남아 있다. 어린 마음에 조금이라도 수학을 잘해 보고자 어린이 수학 도서의 고전인 『수학 귀신(The Number Devil)』[9]을 몇 번이나 읽었는지 모른다. 그러나 책 속의 재미난 표현인 '쾅!'이나 '토끼들' 정도만 머리에 남을 뿐 정

아이의 말

말 입력해야 할 정보인 수학 원리는 하나도 익히지 못했다. 수학 문제집만 펴면 자꾸 눈물이 났다. 어머니는 수학을 못 하는 자식을 지긋이 바라보시더니 "하얀 건 종이고 검은 건 글씨지? 책 덮어라"라고 하셨다. 그때는 어머니의 말이 정확히 무엇을 뜻하는지 모르고 책을 덮으라는 소리만 반가웠다. 그러나 시간이 지나고 나니 어머니께서 어떤 심정으로 자식에게 그런 말씀을 하셨을지 조금이나마 이해가 된다.

바닷바람이 솔솔 느껴지는 인천의 어느 도시에서 글쓰기 특강을 진행하던 때의 일이다. 첫 수업이라 아이들이 데면데면하게 강의실로 들어왔다. 그런데 유독 한 아이가 강의실 문을 넘지 못하고 문 앞에서 쭈뼛거리고 있었다. 아이에게 다가가 불편한 점이 있느냐고 물었다. 아이는 "혹시 오늘 수업에서 글 써요?"라고 물었다. 나는 고개를 끄덕였다. 그러자 "그럼 수업 안 듣고 싶어요"라는 답이 돌아왔다. 결의에 찬 눈망울이었다. 우선 아이의 손을 꼭 잡았다. 아이와 이야기를 더 나누고 싶어 잡은 것도 맞지만 도망가는 것을 방지하기 위해 잡은 것도 일부 사실이다.

---

9 한스 마그누스 엔첸스베르거(Hans Magnus Enzensberger)의 책. 주인공 로베르트가 열두 번의 밤 동안 '수학 귀신(테플로탁슬)'을 만나 신비한 수학 모험을 떠나는 이야기를 담고 있다.

"엄마, 나 아무 생각이 안 나"

글쓰기도 국어, 영어, 수학 등의 과목처럼 과제가 주어진다면, 그리고 실제로 글을 써 온다면 실력이 비약적으로 늘 수 있다. 물론 순식간에 뛰어난 작가처럼 글쓰기가 가능해진다는 말은 아니다. 그러나 집에서 책을 읽고 글을 연습할 수 있는 시간이 주어진다면 맥락을 갖춘 자신만의 글이 분명 완성된다. 글쓰기는 경험의 영역이기에 연습할수록 실력이 는다. 그러나 요즘 아이들은 글쓰기 과제를 할 수 있을 만큼 여유롭지 못하다. 대체로 수학은 일주일에 세 번, 영어는 일주일에 두 번 정도 학원에 가서 수업을 듣도록 시간표가 짜여 있다. 그리고 수업 때마다 머리가 지끈거릴 정도의 양이 과제로 주어진다. 이럴 때 글쓰기 과제까지 있다면 어떨까? 아이들은 글쓰기 특강이나 수업을 포기하고 싶을 것이다.

글쓰기 수업을 진행하고자 다짐했을 때 절대 깨지 않겠다고 다짐한 원칙이 있다. 바로 "글쓰기 수업에서는 과제를 내지 않겠다"는 것이다. 가끔 소소한 '체크 리스트(Check List)'[10] 과제나 정말 읽어야 할 글 정도를 미리 읽어 오라고 할 때는 있다. 그것을 제외하면 과제는 없다. 과제가 없으려면 어쩔 수 없이 수업 중에 글을 써야 한다. 선생님이 있는 곳에서 최대한 집중력을 발휘해 한 편의 글을 완성

10　어떠한 일을 하거나 행사 등을 진행할 때 준비 사항을 잊지 않기 위해 적어 놓는 목록이다. 좋은 글쓰기를 위한 경험을 쌓아야 할 때 해당 과제를 내 준다.

　　　　　　　　　　　　　　　　　아이의 말

하는 것이다. '우리 아이는 평소에 절대 글을 안 써. 수업이라고 쓰겠어?' 싶을 수 있다. 신기하게도 아이들이 수업 중엔 글을 쓴다. 그것도 쓸 수 있을 만큼 길게 잘 쓴다. 왜 그럴까? 강사가 잘 가르쳐서? 글 잘 쓰는 아이만 수업에 모여서? 아니다. 아이들 말로 표현하면 '빌드 업(Build-Up)'이 이루어졌기에 그렇다.

'빌드 업'은 본래 건설 용어다. 콘크리트를 튼튼하고 두껍게 만들기 위해 하나의 층을 구성한 후 연속으로 여러 층을 시공하는 방법이다. 이 단어가 아이들 사이로 퍼지면서 뜻이 다소 달라졌다. 아이들은 게임에서 '빌드 업'이라는 단어를 자주 쓴다. 실제 세상도 그렇지만 게임 속 세상도 보스나 왕을 몰아내려면 갖은 노력이 필요하다. 실패 없는 공격을 위해서는 준비 과정이 필요한데 아이들은 이 과정을 '빌드 업'이라고 부른다. 어떤 행동이든 하기 전에 준비 과정이 필요하다. 잠을 자는 과정을 떠올려 보자. 베개에 머리가 닿았다고 해서 갑자기 잠이 오는 게 아니다. 깨끗하게 샤워하고, 물도 한 잔 마시고, 포근한 잠옷을 입는다. 이후 침대에 누워 휴대전화를 내려놓고 최대한 조용한 환경을 조성한다. 우리는 '잠'이라는 목표를 달성하기 위해 여러 과정을 거쳐야만 한다.

글쓰기도 마찬가지다. 주제만 던진다고 해서 갑자기 글이 써지는 게 아니다. 글쓰기 수업에서는 주제를 보고 바로 글을 쓸 수 있도록 아이들이 차근차근 작은 질문에 답을 하게 한다. 이때 아이들은 답

"엄마, 나 아무 생각이 안 나"

을 쓰면서 '생각 – 단어 – 문장'의 형태로 머릿속을 정리해 나간다. 문제에 대한 나의 답을 생각(고민)해 보고, 생각을 잘 요약할 수 있는 단어를 떠올린다. 이후 단어를 조합해서 문장을 완성하는 것이다. 이 과정을 수업 시간 내내 반복하다 보면 아이의 머릿속에는 최소 20가지 이상의 문장이 완성된다. 이후 글쓰기를 한다면 어떨까? 이미 '생각 – 단어 – 문장' 훈련이 여러 번 반복되었기에 자연스럽게 글쓰기로 돌입할 수 있다. 이와 같은 훈련이 정말 많이 반복된다면 나중에는 '생각 – 단어 – 문장'을 미리 빌드 업하지 않아도 저절로 글을 쓰게 된다.

그래서 아이의 손을 잡은 후 어떻게 되었느냐고? 아이는 내게 글쓰기가 정말 싫다고 말했다. 어릴 때 오래 외국에서 산 경험 때문에 한국어가 불편하기도 하고 종이에 뭘 적어야 할지 도저히 떠오르지 않는다는 게 글쓰기를 싫어하는 이유였다. 무언가가 떠오르지 않아도 괜찮으니 자리에 앉아만 있어 보라고 아이를 달랬다. 수업이 시작된 이후에도 아이의 표정은 여전히 굳어 있었다. 강의실의 여러 아이가 '생각 – 단어 – 문장' 순서로 연필을 움직일 때도 그 아이만은 조용히 책을 보고 있었다. 아이에게 다가가자 추억을 건드리는 문장이 귓가에 들렸다.

"선생님, 하얀 건 종이고 까만 건 글자예요."

아이의 말

그제야 정말 아이가 아무런 생각을 할 수 없는 상황인 걸 알 수 있었다. 이른바 공포로 질린 상태인 것이다. 비단 이 아이만 종이를 앞에 두고 아무런 생각을 못 하는 건 아닐 것이다. 전국의 수많은 아이가 '글쓰기가 뭔데? 내가 해야 돼?'라는 일시적 반항 시기를 겪고 있다는 걸 알고 있다. 반항 시기를 어떻게 해결해야 할까? 아이들이 일시적 반항 상태를 겪는 이유를 파고 들어가서 심연을 건드리면 답이 나온다.

아이들은 글쓰기 작업이 멋있고, 심오하고, 근사하고, 남들과는 다른, 새로운 무언가를 만들어 내는 것이라 종종 착각한다. 이는 내 또래와 글을 나누어 본 적이 없고 내 주변인의 글을 본 적 없을 때 더욱 심화된다. 이미 극도로 정돈되어 있는 교과서나 유명한 책을 본 것이 읽기 경험의 전부라면 아이는 그것이 글쓰기의 기본이라 인식한다. 그러나 그것이 글쓰기의 기본은 아니다. 누구나 다 같은 글을 쓸 수는 없다. 생김새가 다르고 특성과 성격이 다른 것처럼 글은 누가 쓰느냐에 따라 달라진다. 하지만 그 사실을 알 리 없는 아이들은 '나는 정돈된 글을 쓸 힘이 없어. 힘이 생길 때까지 기다리거나 쓰지 않을래'라고 지레 결론을 내리고 만다. 이렇게 마음먹은 아이들의 미래는 두 종류뿐이다. 정말 미래에 힘이 생겨서 글쓰기를 다시 시작하게 되거나, 평생 글쓰기를 하지 않게 되거나.

글을 전혀 쓰지 못하는 아이를 만났을 때 '좋아하는 것'이나 '어제 한 일'을 떠올려 보라고 말한다. 내가 인천에서 만난 아이의 이름은 민지다. 민지는 '로블록스(Roblox)'라는 게임을 좋아한다고 말했다. 로블록스는 가상 세계를 건설하는 게임이다. 세계의 모습을 내가 원하는 대로 바꾸어 갈 수 있다는 점이 아이들의 마음을 건드리는 듯하다. 로블록스가 왜 좋으냐고 물었다. 민지는 자신이 게임에서 행했던 여러 일에 대해 이야기해 주었다. 로블록스라는 게임을 직접 해 보지 못했기에 모든 내용을 이해할 수는 없었다. 그러나 민지가 얼마나 그 게임을 좋아하는지는 정확히 알 수 있었다. 민지에게 로블록스에 관한 글을 써 보자고 말했다. 민지는 게임으로 글을 쓰는 사람이 있을 리가 없고 게임을 주제로 한 글은 엄마도 좋아하지 않을 거라고 답했다. 게임이 글이 될 수 있다는 사실을 믿지 못하는 눈치였다. 민지에게 진지한 소재만이 좋은 글을 탄생시키는 것은 아님을 이야기해 주었다. 그리고 좋아하는 소재나 재미있는 소재로도 글쓴이의 마음가짐이 진지하다면 충분히 멋진 글이 될 수 있다고 덧붙였다. 민지도 다른 아이들처럼 '생각 – 단어 – 문장' 순서로 글을 구성했다. 다른 아이들보다 생각하는 시간이 길기는 했지만 고심의 시간이 길었던 만큼 민지가 쏟아낸 단어들은 월등히 많았다. 단어들을 조합해서 문장을 만들고, 문장을 조합하다 보니 어느새 한 편의 글이 탄생했다.

글 제목은 「로블록스」였다. 민지의 글에는 자신이 어떤 계기로 게임을 시작하게 되었으며 이제껏 어떻게 게임을 했는지, 미래에는 로블록스 같은 게임을 만드는 개발자가 되고 싶다는 이야기가 적혀 있었다. 로블록스를 사랑하는 자신만의 일대기를 글로 표현한 것이다.

"민지야, 제목을 조금 바꿔 볼까?"

"왜요?"

"제목은 글에서 참 중요한 부분을 차지해. 사람으로 따지면 이름 같은 거지. 글 전체를 꿰뚫는 게 제목이라고 보면 돼. 로블록스에 나오는 '묠니르(무기)'처럼 말이야. 아주 중요한 요소인 거지. 이 글은 민지의 인생 전반이 로블록스로 이루어졌다는 걸 말하고 싶은 것 같은데? 맞아?"

"음……. 맞아요. 제 생각을 살려 볼게요."

민지는 조금 고민하더니 제목을 「나의 로블록스 일대기」로 바꾸었다. 제목이 「로블록스」일 때보다 훨씬 감각적으로 변했다. 민지는 로블록스에 관한 글을 친구들 앞에서 낭독했다. 그리고 다른 친구들이 쓴 글도 열심히 경청했다. 몇 시간 전까지 하얀 것은 종이이고 까만 것은 글씨였던 아이로는 보이지 않았다.

다음 주 특강 때 민지의 부모님이 강의실 앞으로 찾아오셨다. 민지가 그렇게 긴 글을 쓴 건 처음이라는 말씀과 함께였다. 여기서 '긴

"엄마, 나 아무 생각이 안 나"

글'이라는 말 때문에 민지의 글이 정말 놀랍게 길었을 거라 예상하겠지만 그건 아니다. 민지는 500자 정도의 글을 적었다. 그러나 글 안에는 민지만 할 수 있는 말들이 담겨 있었다. 로블록스에서의 경험, 그 경험을 통해 꿈꾸게 된 미래는 민지만의 것이다. 글 잘 쓰는 사람을 한 트럭 실어 온다고 해도 민지처럼 쓸 수는 없을 것이다.

글이란 이렇게 단순하다. 주어진 주제에 맞춰 적는 논술이나 거대한 사건을 논하는 것만 글인 것은 아니다. 글을 시작도 못 하는 아이가 있다면 가장 좋아하는 것에 대해 적으라고 해 보자. 어른들은 알아듣지 못하는 세상의 언어가 튀어나올 것이다. 그 언어가 조금 투박해도 상관없다. 투박함 속에 깃든 진심이 글의 정수다. 그 정수를 자꾸만 나오게 하면 어른이 되었을 때 이미 글 잘 쓰는 사람이 되어 있을 것이다.

아이의 말

빌드 업

무턱대고 쓰다가는
'하얀 것은 종이, 까만 것은 글자'를 못 면한다.
글을 자연스럽게 쓸 수 있는 준비 운동이 필요하다.

(1) 생각

준비 운동은 말 그대로 '본격적인 운동이나 경기를 하기 전에, 몸을 풀기 위해 하는 가벼운 운동'을 이르는 말이다. 그러므로 너무 어렵거나 추상적인 주제를 아이에게 던지는 것은 어불성설(語不成說)이다. '내가 가장 좋아하는 것'이나 '어제 겪은 가장 특별했던 일'처럼 쉽게 떠올릴 수 있는 즐거운 주제를 선택하자.

(2) 단어

가벼운 생각이 가능해졌다면 단어를 떠올리는 것도 단순해진다. 마음속에 단어 지도를 그리듯이 단어를 표현해 보자. 이른바 '마인드맵(Mind Map)'을 만드는 것이다. 마인드맵이 구체적으로 변하면 '브레인

"엄마, 나 아무 생각이 안 나"

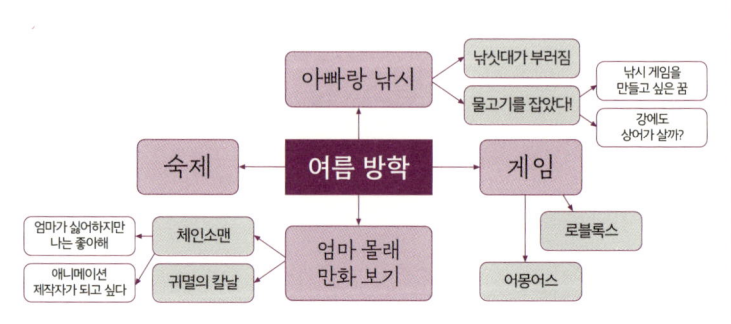

스토밍(Brainstorming)'으로 진화한다. 브레인스토밍은 창조적인 아이디어다. 글의 화두가 여기서 탄생한다.

(3) 문장

자기 안에 글의 화두가 있는지 몰랐던 아이는 '단어 나열'을 통해 자신만의 글감을 발견한다. 이후 단어를 조합해 문장을 만드는 단계로 나아간다. 이때 만들어진 문장은 조금 거칠 수 있다. 그러나 '거칠다'는 것에 주목하는 것이 아니라 '내용'에 초점을 맞춰야 한다.

우리는 가끔 '필력'과 '문장력'을 착각한다. 필력은 말 그대로 글을 쓰는 능력을 말한다. 이야기가 얼마나 참신한지, 내용이 유기적으로 잘 연결되어 있는지를 판가름하는 것이 필력의 유무다. '문장력'은 문장을 잘 정돈해서 쓰는 능력을 가리킨다. 필력과 문장력 중 더 기르기 어려운 것은 무엇일까? 단연 필력이다. 문장력은 맞춤법 공부를 통해 얼마든지 후천적으로 발전시킬 수 있다. 반복만 수반된다면 단기간에 문장력을 끌어올리는 것도 얼마든지 가능하다. 그러나 필력은 그렇지 않다. 필력은 오래 성장시켜야 한다. 독자의 마음을 울리는 이야기는 단기간에 만들어지지 않는다. 오랜 시간 나를 관찰해 이야기의 우물을 개방하고 물을 길어 올려야 한다. 당장은 내 아이의 게임, 친구, 놀이와 관련된 글이 마음에 들지 않을 수 있다. 그러나 그것이 필력을 성장시키는 하나의 길임을 기억하자.

"엄마, 나 아무 생각이 안 나"

잘 노는 아이가 잘 쓴다

아이가 어떻게 노느냐는 중요한 문제다. 어떤 놀이를 가까이 두었느냐에 따라 아이의 성격과 성적이 달라진다는 믿음을 가진 부모님들도 참 많다. 그래서 아이가 어릴 때 두뇌 발달에 좋다는 프뢰벨(Fröbel), 몬테소리(Montessori) 등의 이름이 박힌 교구를 구매하기도 한다. 그러나 이러한 교구들은 사용할 수 있는 시간이 짧다. 특정 개월이 넘어가 버리면 아이는 교구에 흥미를 잃고 다른 놀이를 찾는다. 적당한 놀잇감이나 책을 발견하지 못하면 우리는 아이에게 무엇을 소개하게 될까? 자연스럽게 TV, 유튜브, 휴대전화 속 세상을 조금씩 알려 주게 된다.

아이의 말

호모 루덴스(Homo Ludens). '유희하는 인간' 또는 '놀이하는 인간'을 지칭하는 말이다. 네덜란드의 문화사학자인 요한 하위징아(Johan Huizinga) 교수가 1938년에 출간한 『호모 루덴스—유희에서의 문화의 기원』에서 처음 제시된 개념이다. 하위징아 교수의 주된 주장은 문화 속에서 유희가 발생하는 것이 아니라 유희를 통해 문화가 발생한다는 것이다. 국어 강사이자 글쓰기 강사의 입장에서 보다더 인상 깊게 다가왔던 문장은 "인생이 놀이처럼 영위되어야 한다"였다. 하위징아 교수가 말하길 놀이는 법률, 문학, 예술, 종교, 철학을 탄생시키는 데 깊은 영향을 끼쳤다. 그러나 현대에 와서 일과 놀이가 이분법적으로 분리되기 시작하면서 일(공부)은 진지한 활동, 놀이는 쓸데없고 퇴폐적인 활동으로 낙인찍힌다. 당연히 '어떤 놀이'냐에 따라서 위험하거나 도덕적이지 않을 수 있다는 사실을 알고 있다. 그러나 세상에는 그런 놀이보다 창의력을 증진하고 나도 몰랐던 아이디어를 발전시키는 놀이가 더 많다.

상담 전화를 통해 자주 듣는 말이 있다. 대체로 12~13세 사이의 남자아이를 둔 부모님께서 "우리 아이가 집중력이 너무 없어요. 자꾸 놀려고만 해요"라는 말씀을 하신다. "그 놀이가 무엇인가요?"라고 물으면 "이상한 캐릭터 게임이에요"나 "컴퓨터랑 유튜브"라는 답변을 듣게 된다. 이럴 때 속상함을 느끼게 된다. 많은 학부모님께서 아이가 하는 정확한 게임 명칭이나 유튜브 방송의 이름을 모른다. 게임

"엄마, 나 아무 생각이 안 나"

과 유튜브라는 이유만으로 '이상하다'거나 '부적절하다'고 인식하는 듯하다.

내가 가르쳤던 아이 중 한 명인 근영이는 당시 중1이었다. 강의실에서는 누구보다 얌전하고 착한 아이인데 상담 전화를 통해 듣게 된 모습은 내가 아는 근영이와 달랐다. 잠도 거를 정도로 매일 컴퓨터를 붙잡고 살며, 도무지 시험 성적이 오르지 않는 아이. 실제로 근영이는 두 달에 한 번씩 진행되는 월간 평가 성적이 좋지 못했다. 그러나 머리가 늦게 트이는 아이도 종종 있으므로 근영이의 가능성을 믿고 있었다. 성실함은 배신하지 않는다. 쌓이고 쌓이면 폭발적인 힘을 낸다. 내가 근영이의 가능성을 믿었던 건 그 아이의 '특별한 해석 능력' 때문이었다. 근영이는 모의고사나 수능 출제 위원들이 원하는 대로 지문을 해석하는 능력은 다소 떨어졌다. 그러나 독창적으로 글을 읽을 줄 알았고 글의 주제만큼은 정확히 짚어내는 실력을 지니고 있었다. 사실 독창적으로 글을 읽는다는 건 대학에 진학한 이후에나 필요한 능력이다. 그러나 '독창적'이라는 씨앗을 품고 있는 아이라면 중·고등학교 때 반드시 싹을 틔우게 되어 있다. 독창적 해석이 가능하다면 전형적 해석도 가능하다. 수업을 조금 더 집중해서 들어 준다면, 왜 수능이 독창적 답이 아니라 모두가 수긍 가능한 답을 지향하는지 이해할 수만 있다면 근영이의 점수는 오를 게 분명했다.

근영이를 향한 믿음과는 별개로 성적은 점차 무너져 갔다. 오래

아이의 말

다닌 학원에 대한 정(情)과 유대감이 있어서인지 공부를 그만두지는 않았지만 멍한 표정으로 수업을 듣는 시간이 늘어만 갔다. 나의 경우 학생의 수업 태도가 극심하게 나쁜 것이 아니라면 학부모님께 전화를 드리지 않는다. 아이들은 자유가 침해되었다고 생각하면 오히려 반기를 들고 더욱 그 행동을 심화시킨다. 수업 태도가 조금 나빠더라도 수업 중에 아이를 다독이려고 노력하는 편이다. 그러나 근영이의 태도에 대해서는 부모님과 상담을 진행할 수밖에 없었다. 아이를 제일 잘 아는 것은 부모다. 역시 학부모님은 최근 근영이의 상태가 이전보다 훨씬 나빠진 것을 알고 계셨다. 그러나 사춘기에 접어들어서인지 쉽게 개입할 수가 없다고 하셨다. 수화기 너머로 어머님께서 울먹이는 소리가 들리기도 했다. 근영이와 직접 대화를 나누는 수밖에 없었다. 수업이 끝나고 가방을 정리하는 근영이를 조용히 불렀다. 근영이는 무엇 때문에 내가 자신을 호출하는지 알겠다는 표정을 지었다. 찡그린 표정. 이미 다른 학원에서도 주의를 들은 적이 많은 듯했다. 내가 입을 열기도 전에 근영이는 "집중할게요. 죄송해요"라고 말했다. 상황을 모면하기 위한 시인이었다.

"근영아, 요즘 뭐가 제일 재미있어?"

근영이는 잘못한 것이 없다. 사춘기에 접어든 청소년은 누구나 수

"엄마, 나 아무 생각이 안 나"

업 태도가 나빠지고 자신만의 취미가 생긴다. 이때가 중요하다. 근영이가 자신의 취미를 꽁꽁 숨기고 나쁜 방향으로 발전시키지 않기를 바랐다. 오히려 공개하고 어른들과 대화를 나누다 보면 취미가 선순환된다.

오랜 대화를 통해 근영이가 애니메이션에 빠진 것을 알 수 있었다. 쉬운 말로 '청소년 오타쿠(オタク, Otaku)'가 된 셈이다. 오타쿠는 만화나 애니메이션, 게임 등 대중문화에 몰두하는 취미를 가진 사람을 지칭하는 용어다. 한국에는 비교적 최근에 알려진 단어지만 일본에서는 80년대부터 쓰이기 시작했으니 역사가 꽤 길다. 한국에서 오타쿠는 부정적인 뜻으로 쓰일 때가 많다. 이는 90년대에 접어들면서 게임과 현실을 혼동하는 범죄자들이 사회에 다수 속출한 사례 때문이다. 그러나 오타쿠라는 말의 탄생은 '존중'에서 비롯되었다. 특정 취미에 강한 사람들이 서로를 존중하는 의미에서 '오타쿠'라는 존중어를 만든 것이다. 한국어로 치환하자면 '옹(翁)'이나 '장인' 정도로 부를 수 있겠다. 근영이를 오타쿠로 만든 애니메이션은 <진격의 거인>[11]이었다. <진격의 거인>은 아이들 사이에서 '진격거'로 불린다. 어느 날,

---

11 다크 판타지 계열의 일본 만화. 작가는 이사야마 하지메(諫山創)이다. 2009년부터 2021년까지 『별책 소년 매거진』을 통해 연재되었다. <진격의 거인> 한국판은 2011년 학산문화사를 통해 정식 발매되었고, 큰 인기를 끌었다.

지구에 정체불명의 식인종 거인들이 나타나 인류를 몽땅 잡아먹는다. 그중 살아남은 인류가 거인들을 죽이고 평화를 되찾기 위해 노력한다는 내용이 <진격의 거인> 주 줄거리다.

<진격의 거인>을 좋아하게 된 근영이는 주인공 캐릭터의 비하인드, <진격의 거인> 애니메이션에 대한 해석을 글로 써서 SNS에 올리는 재미에 빠져 있었다. 근영이가 글을 써서 올리면 같은 만화를 좋아하는 다른 오타쿠들이 몰려와 댓글을 달아 준다고 했다. 그들만의 세계에서 근영이는 나이는 어리지만 상당한 지위를 가지고 있었다. 근영이가 밤마다 컴퓨터를 붙잡고 있을 수밖에 없겠다는 생각이 들었다. 근영이의 허락을 받고 근영이가 쓴 글을 직접 보게 되었다. "애니메이션으로 쓴 글이 뭐 얼마나 대단하겠어"라고 생각하면 오산이다. 근영이의 글은 주제가 <진격의 거인>일 뿐 **'요약 –비교 –해석 –견해'**가 충실히 담겨 있었다.

2028학년도 수능이 '논술형 수능'이 될 수도 있다는 목소리가 여기저기에서 들리고 있다. 현 수능 제도와 다른, 미래형 대입 제도를 도입하려는 흐름이 시작된 것이다. 사실 논술은 미래형 대입 제도를 논의하기 이전에도 중요했다. 한창 논술이 강조되었을 때는 수능 최저 등급과 상관없이 논술만으로 학생을 선발하는 '논술 전형'이 서울 도심의 각종 대학에 생겨나기도 했다. 논술은 '어떤 것에 관한 의견을 논리적으로 서술한다'라는 뜻이다. 말은 쉽지만 논술을 실제로

　　　　　　　　"엄마, 나 아무 생각이 안 나"

쓰기는 어렵다. 논술을 잘 쓰려면 제시문을 정확하게 이해해야 한다. 그리고 이치에 맞게 글을 이끌어 나가야 한다. 제시문을 잘 이해했는지는 '요약'에서 드러난다. 만약 두 가지 이상의 제시문이 주어졌다면 각 제시문을 '비교'해야 한다. 이후 제시문이 무엇을 말하려 하는지 정확하게 '해석'하는 작업이 필요하다. 만약 제시문에 그래프나 기타 자료가 함께 제시되었다면 그것이 무엇을 말하는지 정확히 짚어야 한다. 이후 나의 '견해'를 적으면 된다. 견해는 제시문의 내용을 사회적으로 확장해 보고 다각적으로 해결책을 제시하는 것이라 이해하면 쉽다.

근영이는 '논술형 글쓰기'에 뛰어났다. 예를 들어 근영이가 <진격의 거인> 5화를 봤다면 5화의 내용을 명확하게 요약할 줄 알았다. 그리고 이전 화나 다른 거인 만화를 끌어와 5화와 비교하는 작업을 거쳤다. 이후 5화의 주요한 내용에 대한 해석을 덧붙이고 자신의 견해를 썼다. 근영이는 국어 성적은 좋지 않지만 지문을 자신의 방식대로 해석할 줄 아는, '특별한 해석 능력'을 갖춘 친구다. 그러다 보니 자신도 모르게 <진격의 거인>을 한국 사회와 비교해 논하기도 하고 줄거리를 다른 방향으로 비트는 시도를 하고 있었다. 논술 쓰기는 혼자 익히는 것이 쉽지 않아 논술 학원 또는 국어 학원에서 배우는 경우가 많다. 강의실에서 근영이는 늘 논술 글쓰기에 시큰둥했다. 제시문에 대한 '관심이 없어서' 쓸 말이 없다는 게 근영이의 주장이었다. 사

아이의 말

실 논술은 쓸 말이 없거나 제시문에 관심이 없더라도 글을 진행하는 게 가능하다. '창작'이 아니라 '해석'이 논술의 특징이기에 그렇다. 근영이의 논술 실력을 <진격의 거인>에만 쏟기에는 너무나 아까웠다.

　근영이에게 이 주에 한 번씩 제출하는 글쓰기 과제의 주제를 <진격의 거인>으로 바꿔도 좋다고 말했다. 근영이는 학원 과제가 자신의 취미로 바뀐다는 사실이 어리둥절한 듯했다. <진격의 거인>을 주제로 과제를 하는 대신 딱 하나만 약속하자고 덧붙였다. 바로 청소년 백일장에 참여하는 것이었다. 근영이에게 백일장 참여를 추천한 건 지금 얼마나 글을 잘 쓰고 있는지 객관적으로 확인시켜 주고 싶어서였다. 물론 '글'을 평한다는 행위 자체에 심사위원의 주관이 많이 반영되기는 하지만, 근영이에게 새로운 취미를 심어 주고 싶었다. <진격의 거인>과 어깨를 나란히 할 '글쓰기'라는 취미가 생기길 바랐다. 또 백일장 수상을 통해 성취감을 느끼고 국어에 재미를 붙일 수 있다면 일석이조(一石二鳥)라는 생각이 들었다. 그날부터 근영이는 <진격의 거인>을 주제로 한 과제 글쓰기에 도전했다. 글쓰기 노트 제출을 하지 않아 늘 낮은 과제 점수를 받았던 과거와 다르게 규칙적으로 과제를 제출하는 학생이 되었다. 어차피 노트를 제출하니 다른 과제도 같이 해 보자는 생각이 들었는지 교재 문제 풀이도 이전보다 꼼꼼해졌다. 약속의 힘인지 백일장 참여도 불만 없이 따라와 주었다. 시간 문제가 있으니 인터넷으로 글을 제출하는 백일장에 참여했다.

　　　　　　　　　　"엄마, 나 아무 생각이 안 나"

백일장 결과를 궁금해하며 글을 읽는 독자가 많을 것이다. 영화 속 주인공처럼 참여하는 대회마다 당선이 되면 좋겠지만 안타깝게도 근영이는 첫 번째 대회에서 낙선했다. 다시는 백일장에 참여하지 않겠다고 할 줄 알았는데 특유의 '오타쿠 기질'이 발동해서인지 작은 상이라도 꼭 받고 싶다고 근영이는 말했다. 두 번째 대회는 글을 쓰는 시간도 훨씬 길었고 퇴고도 여러 번 거쳤다. 나 역시 근영이의 퇴고를 도왔다. 그러나 내용을 바꾸거나 어른의 말을 추가하는 등의 반칙은 하지 않았다. 결국 두 번째 대회에서 근영이는 장려상을 받았다. 상을 받은 후 학부모님께서 먼저 전화를 주셨다. 컴퓨터를 붙잡고 있는 건 크게 달라지지 않았지만 국어 공부에 조금씩 재미를 붙이고 있다고 말씀하셨다. 말씀에 웃음이 묻어나는 듯했다.

잘 노는 아이는 글도 잘 쓸 수 있다. 잘 논다는 건 자신만의 취미를 가지고 있다는 뜻이다. 파고들 수 있는 재능이 있다면, 무언가를 진심으로 좋아하는 마음이 있다면 자연스럽게 글이 써진다. 좋아하는 마음을 표현하는 수단에 '글'이 있음을 가까운 어른이 알려 주기만 하면 충분하다. 글은 한 사람의 감정과 생각을 표출하는 도구다. 그러나 아이들은 그 사실을 모른다. 이미 글을 표출의 도구로 사용하고 있다고 하더라도 깨닫지 못한다. 아이들은 잘 논다. 아이들마다 특별히 좋아하는 게 있고 취미가 있다. 그것을 장점으로 바꿀 수 있게 돕는 것. 그것은 잘 노는 아이를 곁에 둔 어른의 몫이다.

아이의 말

요약 → 비교 → 해석 → 견해

당연히 첫 '논술 쓰기'는 어렵다.
그러나 익혀 두면 어느 글에나 적용할 수 있는
만능 치트키(Cheat Key)[12]가 된다.

(1) 요약

'글의 요점을 잡아 간추리는 것'이 요약이다. 요약은 모든 글의 토대가 된다. 요약하는 연습을 많이 하면 글이 놀라울 정도로 깔끔해진다. 그러나 요약은 쉽지 않다. "그냥 '제시문'의 몇 문장을 빌려 오면 되는 것 아닌가요?"라고 반문하는 사람도 있겠지만 그건 진정한 요약이 아니다. '진짜 요약'은 제시문이 왜 그런 말을 하는지 정확하게 짚어내는 것을 말한다. 그리고 요약문에서 사용하는 문장의 90% 이상을 자신의 머릿속에서 가져와야 한다. 요약문을 쓸 때 제시문에서 빌

---

12 게임을 유리하게 하려고 만든 문장이나 프로그램을 뜻하는 말이다. "그 아이템은 게임의 '치트키'야!"처럼 쓰인다.

"엄마, 나 아무 생각이 안 나"

려 올 수 있는 문장은 '첫 문장'과 '끝 문장'뿐이다. 다른 문장은 스스로 생각해서 적어야 한다. 제시문을 앵무새처럼 따라 하는 요약문을 쓰지 않는 것부터가 시작이다.

[문제] 아래 두 지문을 읽고 자신의 의견을 서술하세요.

(가) 헤르바르트(Herbart)[13]는 다음과 같이 말했다. "하나의 생각이 의식의 문턱 아래로 떨어진다면? 그 생각은 보이지 않게 숨어 있다가 다시 위로 올라오려고 한다." 겉으로 보기에 헤르바르트의 말은 그럴듯하다. 우리가 잊었다고 생각한 일이 갑자기 떠오를 때가 있기 때문이다. 하지만 융(Jung)[14]은 그의 말이 완전히 옳지는 않다고 생각했다. 융은 이렇게 말했다.

"정말로 잊힌 것은 다시 떠오르지 않는다. 그러나 우리가 완전히 잊지 못한 어떤 생각은 마음속 깊은 곳에 여전히 살아 있으며 때때로 정신을 흔들어 놓는다."

융은 헤르바르트의 '관념'을 '콤플렉스(Complex)'로 바꾼다면 적절

---

13 요한 프리드리히 헤르바르트(Johann Friedrich Herbart)는 독일의 철학자이자 심리학자이다. 철학을 논리학과 형이상학, 그리고 윤리학적 가치 판단을 포함한 미학으로 구분 지은 바 있다.
14 분석 심리학의 창시자로 알려져 있는 칼 구스타브 융(Carl Gustav Jung)은 원래 정신과 의사였다. 1900년에 발표된 지그문트 프로이트(Sigmund Freud)의 『꿈의 해석』을 읽은 후, 정신 분석에 깊은 관심을 가지게 되었다.

할 것이라 설명한다. 콤플렉스는 '마음속 깊은 곳에 숨어 있는 감정 덩어리'이다. 어린 시절, 누군가에게 상처를 받았다면 그 감정은 잊힌 것처럼 보여도 완전히 사라지지는 않는다. 그것은 무의식 속에 잠자고 있다가 비슷한 일이 발생하면 다시 깨어나서 우리의 행동을 바꾸어 놓는다. 융은 "아마 헤르바르트가 무의식의 존재를 막연히 느끼고 있었을 것이다"라고 그의 말을 해석했다.

어떤 철학자는 무의식이라는 생각 자체를 받아들이지 않았다. 무의식을 인정하면 눈으로 볼 수도, 실험으로 증명할 수도 없는 이야기에 빠져들 위험이 있다는 이유에서였다. 융은 진실을 두려워하는 사람의 이야기에 흔들릴 필요가 없다고 응수했다. 보이지 않는 무의식의 세계는 분명 이해하기 어렵지만, 그 속을 들여다보지 않으면 인간 마음의 진짜 모습을 알 수 없다는 것이 융의 의견이었다.[15]

(나) 후고 폰 호프만슈탈[16]은 최근 자신의 조국이 낯설게 여겨졌다. 그가 평생 우러러 보며 신뢰해 온 이들이, 그리고 언젠가 분명히 나아질 수 있으리라 믿었던 이들이 지금은 텅빈 껍데기에 불과하다는 것이 점차 선명해지고 있었다.

1913년, 호프만슈탈은 오스트리아가 최악의 중우정치(衆愚政治)[17]

---

15 칼 구스타브 융(Carl Gustav Jung), 『원형과 무의식』, 한국융연구원 C. G. 융 저작번역위원, 솔, 2002.

16 휴고 폰 호프만슈탈(Hugo Von Hofmannsthal)은 오스트리아 출신의 극작가이자 시인이다. 등장인물의 정서를 작품 속에 잘 담는 것으로 극찬받았다.

17 이성이 아닌 일시적 충동에 의해 좌우되는 어리석은 이들의 정치를 뜻한다.

"엄마, 나 아무 생각이 안 나"

의 손아귀에 빠져 있음을 인정했다. 그것은 비참할 정도로 어리석은 소시민적 중우정치였다. 호프만슈탈은 지난 수십 년간 눈을 감고 살아온 듯한 허탈함과 함께 차오르는 분노로 입을 다물었다. 세상은 변해 버렸고 그가 믿었던 오스트리아는 더 이상 존재하지 않았다.

✦ '요약'해 본다면?

(가)에서 헤르바르트는 관념이 무의식 속으로 사라져도 다시 떠올라 다른 생각을 억누른다고 주장한다. 그러나 글쓴이는 '망각된 것'은 돌아오지 않는다며 헤르바르트의 의견이 틀렸음을 설명한다. 다만 '콤플렉스'라면 가능하다고 본다.

(나)에서 호프만슈탈은 편지를 통해 자신이 오스트리아 상류 귀족에 대한 신뢰를 잃었으며, 빈 사회가 소시민적 중우정치에 빠졌다고 분노를 드러낸다. 그는 사회 지도층이 더 이상 책임과 역할을 하지 못한다는 점을 비판한다.

(2) 비교

제시문이 두 가지 이상이라면 '비교'를 해야 한다. 또 비교 전에 반드시 각 제시문을 요약해야 한다. 요약 없는 비교는 '불을 끄고 글씨를 쓰는 것'과 똑같다. 이후 각 제시문의 공통점과 차이점을 설명하면 된다. 이때 중요한 것은 **차이점**이다. 무엇이 다른지를 더 집중적으로 찾아야 한다. 그리고 어째서 각 제시문이 다른 의견을 제시했는지 설명해야 한다. '공통점 - 차이점 - 왜?'가 합쳐지면 멋진 비교문이 완성된다.

✦ '비교'해 본다면?

두 제시문 모두 '기존 질서에 대한 불신'을 드러낸다. (가)는 인간 정신에 대한 기존 철학적 이해가 불완전하다고 지적하며, 무의식과 콤플렉스를 통해 새로운 설명이 필요함을 보여 준다. (나)는 사회 지도층에 대한 신뢰 상실과 정치 현실의 퇴행을 고발한다.

차이점은 (가)가 인간 내면의 심리 작용을 다루고 철학적 차원에서 문제를 제기하는 반면 (나)는 사회적 현실과 정치 상황을 구체적으로 꼬집는다는 것이다. (가)는 학문적 탐구의 필요성을 강조하고, (나)는 실제 정치적 위기 속에서 느낀 절망을 보여 준다. 결국 (가)는 '인간 정신 이해의 한계'를 (나)는 '사회 지도층의 무능'을 각각 비판하고 있다.

(3) 해석

제시문에 그래프나 자료가 주어질 경우 반드시 글에 언급해야 한다. 제시문은 재미로 그래프나 자료를 제공하지 않는다. 그래프와 자료가 제시문과 긴밀하게 연관되어 있기에 제시하는 것이다. 그래프와 자료가 무엇을 이야기하고 있는지 서술하고 글과 어떻게 연결되는지 밝혀 주자.

✦ '해석'해 본다면?

두 글은 서로 다른 분야를 다루지만 '숨겨진 문제'를 폭로한다는 점에서 같다. (가)에서 무의식은 겉으로 드러나지 않지만 실제로는 영향을 미치는 요소로 해석된다. 이는 인간의 내면을 이해하려는 학문적 태도와 연결된다. (나)에서 호프만슈탈이 지적한 중우정치

"엄마, 나 아무 생각이 안 나"

는 표면적으로는 민주적이지만 실제로는 '무책임하고 비열한 집단 지배'라는 숨겨진 병폐를 드러낸다. 즉, 보이지 않거나 은폐된 문제를 드러내야 한다는 점에서 흡사한 주제 의식을 지닌다.

(4) 견해

견해를 작성하는 방식은 두 가지다. **첫째, 질문(문제)에 답하기. 둘째, 생각 펼치기.** 첫 번째 방식은 제시문 아래에 질문이 있는 경우를 말한다. 대체로 대학 논술에 질문이 달리고는 한다. 이런 경우 내 생각을 펼치기보다는 질문에 성실하게 답하면 된다. 질문이 있다는 건 "내 질문, 정말 이해했어?" 또는 "이 문제에 답하는 게 중요한 거야. 잘 생각해"라는 뜻을 품고 있다. 질문이 있다면 그것에 '잘' 답하자.

두 번째 방식은 다소 자유롭다. 제시문이나 큰 주제만 주어지고 다른 질문이 없을 때 두 번째 방식으로 글을 쓰면 된다. 이럴 때 자주 사용되는 안전한 방법은 제시문의 내용을 사회적으로 확장해 보는 거다. 예를 들어, 제시문의 주제가 '키오스크'였다면 한국 사회에서 키오스크를 활용하는 방안이나 문제점으로 글을 펼쳐 볼 수 있다. 이때 주의할 점은 사회의 문제점을 조명했을 경우 반드시 그 해결책을 제시해야 한다는 것이다. 문제만 제기하는 글은 미완성 글과 똑같다. 조금 엉성하더라도, '이게 맞나?' 싶더라도 해결책을 제시하는 훈련을 거듭해야 한다. 해결책을 제시하는 훈련을 하다 보면 제시문을 다각도로 읽을 수 있는 능력이 성장한다.

제시문이 함축하고 있는 의미에 나의 해석을 붙이는 방법도 있다. 이때 '나의 해석'에 빠져서 논리를 잃지 않도록 경계해야 한다. 내 해석을 옳은 해석으로 만드는 데 치중하면 글 속에서 억지를 부리게 된다. 아닌 것은 아니라고 적되, 내가 주장하고 싶은 부분을 강조해 주자. 내가 강조한 부분이 그 누구도 생각하지 못한 놀라운 해석이라면 그 글은 분명 '반짝이는 글'이 될 것이다.

✦ '나만의 견해'를 밝혀 본다면?

(가)와 (나) 지문은 여전히 뚜렷한 시사점이 있다. (가)의 무의식 개념은 오늘날 정신 분석이나 심리 치료에서 중요하게 다뤄지며 개인의 행동을 이해하는 데 꼭 필요하다. 따라서 철학적 두려움에 휩싸이기보다는 새로운 가설을 검증하고 활용하려는 태도가 더 건설적이다. (나)의 경우 지도층이 책임을 다하지 못하면 사회가 불안정해진다는 사실을 잘 드러낸다. 현대 사회 역시 정치 지도자나 지식인의 책임성이 약화될 때, 대중은 쉽게 불신과 혼란에 빠진다. 따라서 우리는 개인의 내면 문제뿐 아니라 사회적 지도자의 역할 문제에도 관심을 가져야 한다. 결국 인간의 정신세계와 사회 구조 전체를 성찰해야 보다 건강한 개인과 사회를 만들 수 있다.

"엄마, 나 아무 생각이 안 나"

글감을 저장해 주는 마법의 달력 단어장

2024년 1월, 국어 강사 외 직함이 하나 더 생겼다. 바로 '글쓰기 강사'
다. "국어 강사나 글쓰기 강사나 비슷한 것 아닌가?"라고 생각하는
독자도 많을 것이다. 국어와 글쓰기는 닮은 듯 보이지만 사실 전혀
다른 영역의 것이다. 책 읽기를 좋아하고 노트에 단상을 끄적끄적 적
길 좋아하는 문학소녀나 소년들이 국어국문학과에 가고 싶다는 꿈
을 이야기해 올 때가 있다. 그러면서 상상 속 대학 수업과 분위기에
관한 이야기를 한참 떠든다. 그 아이들의 이야기 속 국어국문학과는
구인회(九人會)[18] 작가들처럼 문학을 직접 쓰고 읽으며 최신 문학에
관한 토론을 하는 곳이다. 그러나 현실은 전혀 다르다. 국어국문학

아이의 말

과는 국문법이나 국어사와 같은 '국어학'을 배우는 곳이다. 또 외국인에게 국어를 가르치는 '한국어 교육'에 대해 배우는 곳이기도 하다. 문학도 배우기는 하나 최신 문학을 많이 다루지는 않는다. 고전문학부터 근대문학[19]까지가 국어국문학과에서 배우는 '중심 문학'이다. 실정이 이렇다 보니 문학소녀와 소년에게 국어국문학과에서 무엇을 배우는지부터 찬찬히 이야기해 준다. 그리고 어쩌면 네가 원하는 길은 다른 곳에 있을지 모르니 새로운 길을 함께 찾아보자고 조언해 준다. 이렇듯 '국어'를 배웠다고 해서 '글쓰기'가 따라오는 것은 아니다. 글쓰기는 국어와 다른 영역이다.

국어는 '학문(學問)'이다. 학문은 '어떤 분야를 체계적으로 배워서 익히는 것. 또는 그런 지식'이라는 뜻을 지닌다. 국어는 학문이기에 배울 때 머릿속에 잘 저장해 두면 필요한 순간에 꺼내서 사용할 수 있다. 또 그 깊이를 타인과 겨룰 수 있어서 학문이 깊어질 경우 새로운 학설을 주장하게 될 수도 있다. 남보다 학문을 잘 설명할 수 있다면 강단에 서서 지식을 내놓는 것도 가능하다. 그에 반해 글쓰기

---

18 1933년에 결성된 문학 동인회. 김기림, 이효석, 이종명, 김유영, 유치진, 조용만, 이태준, 정지용, 이무영 등 아홉 사람이 모여 결성했다. 경향 문학에 반발하여 순수 문학을 지향하는 데 그 목표를 두었다.

19 갑오개혁 이후부터 1920년대까지를 '근대 문학기'라 이른다. 신소설, 신체시 및 서구의 근대 문예 사조들이 유입 및 반영되었던 시기의 문학을 총칭하는 말이다.

"엄마, 나 아무 생각이 안 나"

는 학문이 아니라 '기술(技術)'이다. 과학 기술, 운전 기술 등을 이를 때의 그 기술이 맞다. '사물을 잘 다루는 방법이나 능력'이라는 뜻을 가진 기술이 글쓰기의 정체성이다. 글쓰기는 국어처럼 배움 이후에 꺼내서 사용할 수 있다. 그러나 연습이 필요하다. 필요에 따라서는 연습을 넘어서는 훈련이 동반되어야 한다. 과거의 장인(匠人)처럼, 스승님에게 기술을 배우는 도제(徒弟)처럼 매일 글을 쓰고 퇴고하는 과정을 거쳐야 실력이 자라난다. 연습과 훈련을 통해 글쓰기 실력이 어느 정도 성장했다고 가정해 보자. 이후 연습을 게을리하면 어떻게 될까? 기술이다 보니 녹슨다. 글쓰기는 얄궂게도 연습을 소홀히 하면 전보다 부족한 글이 나온다. 한순간도 방심할 수 없는 게 글을 쓰는 일이다. 천재형 작가 몇을 제외하면 대다수 작가가 일정한 시간을 정해 두고 글을 쓴다. 『노르웨이의 숲』으로 유명한 일본 소설가 무라카미 하루키(村上春樹)는 매일 새벽 4시에 일어나 5~6시간 동안 꼼짝하지 않고 글을 쓴다. 무라카미 하루키가 반드시 완성해야 할 원고가 가득한 인기 작가라서, 원래 부지런한 사람이라서 그럴 수도 있다. 그러나 무라카미 하루키의 루틴(Routine)은 연습과 훈련을 넘어서 수련(修鍊)의 영역처럼 느껴진다. 기상 후, 머리가 가장 맑을 때 글쓰기부터 시작하는 무라카미 하루키의 하루는 평생 글쓰기를 갈고 닦겠다는 대가의 수련 같다. 대가도 수련을 멈출 수 없을 정도로 글쓰기는 까다로운 기술이다.

아이의 말

아이들에게 전문적으로 글쓰기를 가르치고자 다짐했을 때, 글쓰기가 '기술'이라는 점이 마음에 쓰였다. 그리고 기술을 익히더라도 '연습 → 훈련 → 수련'의 과정을 거쳐야 원하는 수준의 글쓰기에 도달할 수 있을 텐데 공부로 바쁜 아이들을 어떻게 해야 잘 지도할 수 있을지 걱정이 앞서기도 했다. 몇 날 며칠을 고민하다가 내린 결론은 모두가 글쓰기를 훈련 또는 수련하지 않아도 된다는 거였다. 보고서 작성, 자기소개서, 일기, 메모, 편지와 같은 글쓰기는 연습 과정을 통해 얼마든지 연마할 수 있다. 아이들이 자신도 모르게, 평생 글쓰기를 연습할 수 있는 습관을 심어 줄 수만 있다면 정말 좋은 글쓰기 수업이 완성되겠다는 생각이 들었다. 그리고 그 생각과 함께 『무조건 적게 되는 마법의 시간』이라는 글쓰기 교재를 만들기 시작했다. "두고 봐라, 다들 자기도 모르게 적게 되어 있을 테니 말이야" 같은 생각을 안고 아이들의 감자알 같은 얼굴들을 떠올리며 한 자씩 교재를 적어 내려갔다. 반드시 성공할 거라는, 자만에 가까운 자신감이 넘쳤다. 그만큼 확신에 차 있었다.

아이들에게 글쓰기를 지도할 때 가장 자주 반복하는 단어는 '경험'이다. 글쓰기는 기술이기도 하지만 한 개인의 고유한 영역을 세상에 드러내는 예술이기도 하다. 남들과는 다른, 글쓴이만 알고 있는 내밀한 이야기가 필요하다. 그러나 '내밀한 이야기'라고 해서 그 이야기가 비밀스럽거나 특별할 필요는 없다. '그 사람'이 '그 순간'에 겪은

"엄마, 나 아무 생각이 안 나"

경험이기만 하면 충분하다. '그 순간' '그곳'에서 '그 경험'을 한 사람은 '그 사람'뿐이다. 그래서 그 경험은 특별하다. 분명 자신만 느낀 감상도 존재할 테다. 아이들에게 경험으로 글의 물꼬를 트게 되면 이전과는 전혀 다른 글이 탄생한다고 이야기해 준다. 긴가민가하며 글을 적던 아이들도 몇 시간 뒤에는 "오늘 갑자기 글이 길게 적어졌어요"라며 원고지를 내민다. 경험은 나만 가진 이야기다. 아무도 쓸 수 없는 이 세상 유일의 이야기다. 쓰기도 참 쉽다. 경험한 바를 최대한 구체적으로 종이 위에 옮기기만 하면 된다. 구체적일수록 글은 더 좋아진다. 어려운 단어를 가져오거나 문장을 짜낼 필요도 없다. 머릿속에 경험이 그림처럼 다 보이기에 캔버스에 그림을 그리듯 펜촉으로 장면을 재현하면 그만이다. '경험 쓰기'는 아이들에게 '글쓰기가 쉽다'는 인상을 심어 준다. 이 인상이 조금 더 긍정적인 쪽으로 바뀌면 일기나 다이어리 작성도 자연스러워진다. 도대체 뭘 적어야 할지 몰라 답답했던 기록과 관련된 일들이 '경험 적기'라는 단순한 일로 바뀌기 때문이다. 그러다 보면 강사가 시키지 않아도 몇몇 아이는 스스로 경험 적기를 일상생활에서 연습한다. 아이들은 그게 훈련과 수련의 과정으로 갈 수 있는 첫 번째 단계인 '글쓰기 연습'인 줄은 꿈에도 모를 것이다. 반복적으로 해야 하는 일은 계획을 세워서는 할 수 없다. 자신도 모르게 몸에 익어야 한다. 기억을 통해 일을 시작하는 것이 아니라 본능적으로 해내야 한다.

아이의 말

그러나 이 책을 집어 든 독자라면 "우리 아이가 본능적으로 글쓰기를 했다면 이걸 읽지도 않았을 거야"라고 중얼거리고 계실 것이다. 맞는 말이다. 모든 아이가 스스로 연습의 단계로 가지는 않는다. 그러나 그건 아이의 탓이 아니다. 어른은 글쓰기가 '훈련'이나 '수련'이 필요한 기술이라는 걸 알고 있지만 아이는 모른다. 어른이 연습의 단계로 나아갈 수 있는 힌트를 제공해야 한다. 수업 때 연습이 부족해 보이는 아이에게 추가로 내주는 과제가 있다. 매일 해야 하는 과제이지만 전혀 어렵지 않다. 어렵지 않다 보니 아이들도 즐거운 마음으로 과제에 임한다. 바로 **'달력 단어장'**이다.

수업 중 경험으로 글의 포문을 여는 게 좋다고 말하면 두 가지 반응이 나온다. 꾸준히 머릿속에 경험을 적립해 왔거나 취향이 확고한 친구들은 "아하!" 하고 반응한다. 그러나 경험을 찾기도 귀찮고 취향도 희미한 친구들은 "그래서?"라고 반응한다. 이때 게임이나 영화처럼 아이가 좋아할 만한 주제로 글쓰기를 이끄는 것도 가능하다. 그러나 알다시피 평생을 게임과 영화에 관한 글쓰기를 할 수는 없는 노릇이다. 그래서 '달력 단어장'이 필요하다. 달력 단어장은 만들기도 쉽고 수행하기도 쉽다. A4 용지에 한 달 분량의 달력을 인쇄한다. 그리고 매일 그날 있었던 가장 인상 깊은 일을 단어로 축약해 빈칸에 적는다. 아주 가끔 아이들이 "오늘은 진짜 신났어. 더 적을래, 더 적을래!"라고 반응하는 날이 있을 수 있다. 그렇더라도 "안 돼. 그 경

"엄마, 나 아무 생각이 안 나"

험을 한 단어로 축약해 봐"라고 단호하게 이야기해 줘야 한다. 경험을 한 단어로 축약하는 이유는 중요한 글쓰기를 해야 하는 결정적인 순간에 단어로 경험을 복기할 수 있기 때문이다. 그리고 경험을 한 단어로 축약하는 과정에서 아이는 경험을 요약할 수 있게 된다.

이때의 요약은 '스토리(Story)' 중심 요약이 아니라 '플롯(Plot)' 중심 요약이다. 스토리는 말 그대로 '이야기'이다. 경험 속 자잘한 사항까지 모두 담고 있는 시간 덩어리를 스토리라고 보면 된다. 구성이라는 뜻을 지닌 '플롯'은 '특정 사건'이라고 이해하면 편하다. 경험 속에서 '원인'과 '결과'에 해당하는 핵심을 '플롯'이라고 부른다. 예를 들어 "블루베리 왕국의 왕이 죽었다. 이틀 뒤 왕비도 왕의 무덤 앞에서 목숨을 끊었다"라는 문장이 있다면 이 문장은 스토리적 문장에 해당한다. 추측은 가능하지만 원인과 결과가 명확하지 않다. 시간 순서에 따라 나열되어 있을 뿐이다. 이런 문장은 어떨까? "블루베리 왕국의 왕이 대저토마토 왕국의 장군에게 공격당해 죽었다. 슬픔을 이기지 못한 왕비도 이틀 뒤 왕의 무덤 앞에서 목숨을 끊었다." 왕과 왕비가 왜 죽었는지에 대한 원인과 결과가 분명하다. 플롯으로 이야기를 구성할 줄 알게 되면 글이 산으로 가지 않고 중심이 탄탄해진다. 이는 요약 연습을 통해 조금씩 나아진다.

'달력 단어장'을 통해 경험을 적립하는 과제를 주었을 때 가장 신기했던 건 아이들이 생각보다 적극적으로 하루의 일을 기록했다는 점이다. 물론 "선생님, 저는 학교랑 학원 그리고 집만 왔다 갔다 해서 진짜 경험이 없어요"라고 불만을 표현하는 친구도 있다. 그럴 때는 평소 아이를 관찰했던 눈썰미를 적절히 활용해야 한다. "편의점 다녀왔어?" "그럼요!" "뭐 샀는데?" "로제 불닭볶음면이라는 게 있어서 그거 샀어요. 한 번도 안 먹어 봤거든요." "엄청난 경험 아니야?" "그런가……? 이런 걸로도 글 적을 수 있어요?" "그럼. 로제 불닭볶음면 맛이 어떤지 적어 봐. 어떤 그릇에 담아서 먹었는지도 묘사해 보고. 만약 네가 식품 연구자라면 어떤 불닭볶음면을 만들고 싶어? 어떻게 만들어야 잘 팔릴까?" "와, 대박. 그걸로 쓸게요."

스토리(Story)와 플롯(Plot)		
스토리: 이야기	뜻	플롯: 구성
시간 배열·나열	특징	원인과 결과로 구성
왕국의 왕이 죽었다. 이틀 뒤 왕비도 왕의 무덤 앞에서 목숨을 끊었다.	예시	왕이 적국의 장군에게 공격당해 죽었다. 슬픔을 이기지 못한 왕비도 목숨을 끊었다.

어떤 아이들은 '달력 단어장'을 적기 위해 일상의 아주 작은 경험까지, 나노 단위로 하루를 분석한다. 그리고 그 과정을 거치며 일상이 얼마나 특별했는지, 그간 특별함을 얼마나 놓치고 살았는지를 발견한다. 한 아이는 내게 "아빠가 어제 정말 오랜만에 저를 안아 주셨

"엄마, 나 아무 생각이 안 나"

어요. 원래는 아빠가 저를 안는 게 싫었어요. 담배 냄새도 나고 땀 냄새도 나서요. 그런데 어제는 아빠가 안아 주는 게 행복했어요. 그래서 달력에 '아빠의 포옹'이라고 적었어요"라고 말해 주었다. '달력 단어장'을 위한 행복을 찾다 보니 찾기 위한 것이었던 행복이 일상을 진짜 행복으로 전염시킨 것이다. 행복한 경험만 '달력 단어장'에 기록할 필요는 당연히 없다. 그렇지만 아이들의 '달력 단어장'에는 행복이 가득하길 바란다. 그리고 행복한 글감을 통해 행복한 글을 쓰고, 다시 그 행복을 전파하는 사람이 되길 진심으로 바란다.

아이의 말

달력 단어장

MON	TUE	WED	THU	FRI	SAT	SUN
	불닭			아빠의 포옹	아이폰	
	우산	숙제를 안 했다	동생		안경이 부러지다	
자리 바꿈		스티커	튤립	은영이 싸움		과자 4봉지
하와이 가족 여행 아빠가 휴가를 내셨다				구름	테스트 100점	동물원
백화점		'푸바오' 뉴스	피규어			

어떤 일들이 있었나?

....
....
....
....
....
....

"엄마, 나 아무 생각이 안 나"

'눈'과 '마음'으로 일기 쓰기

단어는 문장이 되기 직전의 단위다. 조금 더 국문법적으로 표현하자면 어절(語節)이라고 부를 수 있다. 어절은 '문장을 구성하고 있는 각각의 마디'를 뜻하는 말이다. 문장 성분의 최소 단위이자 띄어쓰기의 단위가 되는 것을 어절이라고 생각하면 간편하다. "우리 아이가 글쓰기 천재가 될 때까지!"라는 문장은 몇 어절일까? 띄어쓰기 단위대로 끊어 읽으면 금방 답이 나온다. "우리 / 아이가 / 글쓰기 / 천재가 / 될 / 때까지!" 해당 문장은 총 6어절로 구성되어 있다.

이렇듯 한 문장을 완성하는 데만 해도 6어절이 필요하다. 어른에게는 간단한 단위일지 몰라도 아이들에게는 아니다. 이미 수많은 글

아이의 말

을 읽고 일상생활 속에서 각종 단어로 단련된 어른들의 튼튼한 뇌와 아이들의 뇌는 다르다. 아직 말랑말랑한 두뇌를 소유 중인 아이들은 단어 하나를 떠올리는 일에도 고통을 느낀다. 굳은살이 생긴 손으로 연필을 잡으면 몇 시간 동안 글을 써도 손이 아프지 않다. 그러나 티끌 하나 없는 손으로 연필을 잡으면 10분이 못 가 손이 아프다. 글을 못 쓰는 아이에게, 일기 한 줄 스스로 완성하지 못하는 아이에게 "너는 왜 그 모양이야!"라고 소리쳐서는 안 된다. 굳은살이 생기려면 고통이 따른다. 가장 답답한 것은 아이다. 아이야말로 얼른 고통의 시간을 지나서 엄마처럼, 옆 친구처럼, 선생님처럼, 작가처럼 글을 쓸 수 있게 되길 바라고 있을 테니 말이다.

어떻게 해야 말랑말랑한 글쓰기 두뇌를 튼튼하게 만들 수 있을까? 가장 쉬운 훈련법은 바로 '일기 쓰기'다. 요즈음은 예전에 비해 학교에서 일기 쓰기를 크게 강조하지 않는다. 10년 전쯤만 해도 초등학교 1학년이 되면 아이들이 필수적으로 일기 쓰기 숙제를 해야만 했다. 전국의 학생들이 모두 일기 쓰기로 고통받다 보니 전설처럼 내려오는 재미있는 일화도 많았다. 형이나 언니의 일기장을 대신 학교에 들고 갔다거나, 방학 내내 일기 쓰기 숙제를 하지 않고 있다가 마지막 날 몰아서 일기를 쓴다거나, 몰아서 일기를 쓰다가 글 소재가 떨어지면 기상청 예보를 훑어보고 날씨에 대한 감상을 쓴다거나 하는 등의 이야기가 전설의 일부다. 오죽하면 일기 쓰기에 얽힌 우스갯

"엄마, 나 아무 생각이 안 나"

소리가 여전히 온라인 커뮤니티에 떠돌아다니기도 한다. 과거 선풍적인 인기를 끌었던 SBS 드라마 <순풍산부인과>는 일기 쓰기로 에피소드[20]를 하나 만들기도 했다. 주인공 미달이가 방학 동안 일기 숙제를 하지 않은 것을 알게 된 가족들이 모두 합세해서 글을 쓴다. 할머니, 엄마, 이모까지 모여 일기 내용을 구상하고 그림도 그려 가면서 미달이를 '일기 잘 쓰는 아이', '숙제 잘하는 아이'로 만들기 위해 노력한다. 일기 숙제가 거의 사라진 지금은 볼 수 없는 풍경이다. 그럼에도 '혹시나' 싶은 마음을 안고 학생들에게 "요즘도 일기를 쓰느냐"고 묻고는 한다. 그러면 "『안네의 일기』[21]를 읽기는 해도 쓰지는 않아요"라는 재치 있는 대답이 돌아온다. 아무래도 일기는 과거의 유물이 된 듯하다.

오히려 최근 학교에서 주목하는 글쓰기는 '독서록 쓰기'다. '독서록'이라는 단어가 낯설게 느껴질 수도 있겠다. 독서록은 '독후감'을 보다 짜임새 있게 정리해 놓은 것이라 볼 수 있다. 이때 말해지는 '짜임새'는 형태를 뜻하는 것이기도 하지만 내용 자체의 짜임새이기도 하다. 독후감은 책을 읽은 후의 감상을 솔직하게 풀어낸 글이다. 대

---

20 1999년 8월 23일에 방영된 〈순풍 산부인과〉 365회에는 방학 숙제를 하지 않아 위기를 맞이한 미달이의 이야기가 나온다.

21 네덜란드 유대인 안네 프랑크(Anne Frank)가 쓴 일기. 가상의 친구인 일기장 '키티'와 대화하는 형식으로 쓰여 있다.

체로 책의 줄거리, 주제, 느낌, 책 속 세계와 현실의 상관관계 등을 풀어낸 글이 독후감이다. 독서록은 책을 읽은 후의 느낌을 독후감보다는 간단하게 정리한 글이다. 책 이름, 등장인물, 줄거리, 중심 플롯 등을 표 안에 차곡차곡 정리해 놓은 것이라 이해하면 편하다. 그러나 독서록을 독후감처럼 느낌을 정리하는 형태로만 이해하면 곤란하다.

독서록은 교과 공부와 연결되는 형식으로 쓰여야 한다. 초등학교에서 일기 대신 독서록을 쓰는 이유는 중·고등학교에 진학해 쓰는 독서록을 미리 연습하고자 하는 의미가 아닐까 싶다. 중·고등학교 때 쓰는 독서록은 차후 대학 입시와 연관되는 중요한 자료다. '대학 입시'와 연관된다는 말은 책을 읽고 느낀 점을 단순하게 적어서는 안 된다는 말과 같다. 독서록을 쓰기 위해 고르는 책, 그리고 책을 읽은 후 적는 내용은 교과 공부나 미래의 꿈과 연결성을 지녀야 한다. 독서록을 읽는 사람들 역시 독서록을 쓴 사람이 얼마나 자신의 미래를 고민하며 책을 읽었는지를 궁금해한다.

대학 입시에서도 독서록을 참고하고, 차후 아이들이 더 많이 쓰게 될 글도 독후감이니 일기는 안 쓰는 것이 더 낫다고 생각할 수 있겠다. 그러나 안타깝게도 일기는 너무나 중요하다. 일기를 잘 쓰는 아이는 자연스럽게 독서록, 감상문, 설명문, 논설문 등의 글을 잘 쓸 수 있다. 물론 일기를 못 쓴다고 해서 여러 갈래의 글을 쓰지 못하리

"엄마, 나 아무 생각이 안 나"

라는 법은 없다. 하지만 일기조차 못 쓰는 아이가 다양한 갈래의 글을 잘 쓰는 경우는 본 적이 없다. 일기는 관찰과 깊은 연관이 있다. 일기(日記)는 '날 일' 자에 '기록할 기' 자를 쓰는 한자어다. 간단하게 풀면 '하루의 일을 기록하는 글'이 일기다. 하루의 일을 기록하기 위해서는 머릿속으로 오늘 대체 무슨 일이 있었는지를 깊게 고민해야 한다. 그러나 깊게 고민해 본다 한들 도저히 무슨 일이 있었는지 모르겠다고 혀를 내두르는 아이들도 있다. 이는 일상을 관찰하는 훈련이 아직 미흡해서다. 프리즘(Prism)은 겉보기에는 정삼각형 모양의 평범한 광학 도구에 불과하다. 그러나 빛이 프리즘에 닿는 순간 오색의 광선이 여기저기에 굴절한다. 일상이라는 프리즘에 '눈(관찰력)'을 가져가 보자. 그리고 몇 가지의 빛이 굴절되는지 자세히 들여다보자. 처음에는 굴절되는 빛이 얼마 안 될지 모른다. 어쩌면 하나도 없을지 모른다. 그러나 포기할 일은 아니다. 관찰은 재능이 아니다. 오래 바라보기만 하면 누구나 득도(得道)할 수 있는 영역이다.

"그래도 대치동 아이들은 일기 정도는 쓸 수 있을 것 같은데요?"라며 씁쓸한 웃음을 띨 수도 있겠다. 물론 대치동 친구 중 대다수가 국어 '성적'이 높다는 데에 동의한다. 내신 시험을 볼 때 만점이 나오지 않는 경우가 드무니 말이다. 그러나 일기를 '잘 쓴다'에는 그리 쉽게 동의할 수 없다. 대치동에서 교육받는 아이들이라고 해서 별세계 아이들인 것은 아니다. 일기 쓰기가 학교 교육과 멀어진 지금, 대치동 아이들도 별수 없이 관찰에는 무척 약하다. 상담 전화를 할 때 "서술형 시험이 자꾸만 늘어가는데 아이의 논술이 무척 약하다"라며 해결책을 묻는 분들이 많다. 그럴 때면 학부모님께 딱 일주일만 시간을 달라고 말씀드린다. 일주일 뒤에는 논술의 기본기가 갖추어진 아이가 탄생할 거라고 장난 반, 진담 반으로 호언장담(豪言壯談)을 하기도 한다. '장난 반, 진담 반'이라는 표현을 쓰기는 했지만 일주일 동안의 훈련을 잘 따라온다면 논술의 기본기를 자연스럽게 연마할 수 있다. 학부모님은 '일주일'이라는 소리에 깜짝 놀라 어떻게 하면 되느냐고 부리나케 물으신다. 부모가 해야 할 일은 아주 간단하다. 저녁을 맛있게 먹은 아이에게 "국어 학원 다녀와!"라고 말하면 그뿐이다. 등쌀에 밀려 학원에 온 아이는 쭈뼛쭈뼛 교실로 들어온다. 무언가 들은 말이 있는지 "아, 저 논술 진짜 못 써요"라며 겁먹은 소리를 내기도 한다. 그러나 논술 쓰기는 진행되지 않는다. 우선 자리에 앉은 아이에게 간식을 건넨다. 간식을 다 먹고 나면 "일기를 쓰자!"라고 산뜻하게 말한다.

학원에서 보는 아이들의 일기 내용은 대체로 비슷하다. 부모님과 맛있는 저녁을 먹은 이야기, 친구와 싸운 이야기, 학원에 가기 싫어 책상에서 울어 버린 이야기 등 단편적인 감정을 서술한 일기가 대부분이다. 첫 일기를 쓴 아이들에게 요구하는 것은 한 가지다. **더 구체적으로 쓸 것.** 그리고 아이가 쉽게 읽을 수 있는, 아이의 취향에 맞는

"엄마, 나 아무 생각이 안 나"

신문 기사를 하나 보여 준다. 기사문에는 수많은 관찰의 결과가 적혀 있다. 육하원칙(六何原則, 누가·언제·어디서·무엇을·어떻게·왜)에 따라 사건이 일목요연하게 정리되어 있다. 일기에 '감정'만 풀어내는 건 하수의 글쓰기다. 감정이 독자에게 제대로 전달되기 위해서는 '나의 눈'으로 본 모든 것을 써야 한다.

(1) 오늘은 정말 화가 나는 하루다. 아침에 눈을 뜨자마자 엄마가 잔소리를 시작하셨다. 학교 갈 준비도 제대로 못 하고 그냥 정신없이 집을 나섰다. 지각할까 봐 뛰었는데, 더운 날씨 때문에 땀범벅이 되었다. 학교에 도착했더니 첫 교시부터 수학 시험이 있었다. 시험지를 받으니 머릿속이 하얘졌다. 어제 너무 피곤해서 일찍 잠들었는데 아마도 그게 문제였나 보다. 결국 몇 문제는 풀지 못하고 제출했다. 이런 날에는 선생님도 싫다.

연나라는 학생의 일기다. '이 정도면 잘 쓴 일기 아니야?'라는 생각이 들 것이다. 맞는 말이다. 연나의 일기를 나쁜 일기라고 볼 수는 없다. 그러나 일기를 다 읽고 나면 머릿속에 '연나가 오늘 많이 힘들었구나'라는 것 외에는 아무것도 남지 않을 것이다. 감정이 앞선 일기인 탓이다. 일기를 논술 연습장으로 만들기 위해서는 관찰을 더욱 강화해야 한다. 연나와 함께 여러 편의 신문 기사를 읽은 후, 일기가 다음과 같이 바뀌었다.

(2) 오늘은 정말 화가 나는 하루였다. 아침에 눈을 뜨자마자 엄마가 "너는 매일 말썽이야. 학교 늦겠다!"라며 잔소리를 시작하셨다. 마음이 급해져서 학교 갈 준비두 제대로 하지 못하고 그냥 정신없이 집을 나섰다. 지각할까 봐 힘껏 뛰었는데 더운 날씨 때문에 학교에 도착했을 때는 이미 몸이 땀으로 가득했다.

첫 교시부터 수학 시험이 있었다. 시험지를 받는 순간, 머릿속이 하얘졌다. 어제는 내가 좋아하는 아이돌이 컴백(Comeback)한 날이라 뮤직비디오를 여러 번 돌려 봤다. 그래서 별 준비를 하지 못하고 잠들었는데 그게 문제였나 보다. 결국 몇 문제는 풀지 못하고 제출했다. 풀지 못한 문제 주변에 아이돌 캐리커처를 그리며 '운수가 나쁜 날에는 여러 일들이 한 번에 몰려오는구나'라는 생각을 했다. 이런 날에는 선생님도 "좀 더 열심히 공부해야겠구나" 하며 말을 얹으신다.

지난번에 수빈이가 '재수 없는 하루'에 대해 이야기해 준 적이 있다. 열심히 사는 것 같은데 자꾸 나쁜 일이 생긴다고 했다. 나 역시 수빈이처럼 '재수 없는 하루'를 겪고 보니 큰 스트레스가 느껴

"엄마, 나 아무 생각이 안 나"

진다. 우리는 매일 한계에 도전하며 살아가고 있다. 그러나 여러 이유로 안타까움과 소외를 느끼게 된다. 내일은 모든 사람에게 친절하게 대하고 싶다. 마주치는 사람 중 누군가는 안타까움과 소외의 하루를 살아가고 있을 테니 말이다.

첫 번째 일기를 읽은 후에는 연나의 감정만이 느껴진다. 그러나 두 번째 일기를 읽고 난 후에는 연나의 감정을 넘어 나는 '재수 없는 하루'를 보낸 적이 있는지, 소외와 안타까움이 사회에 얼마나 만연해 있는지를 스치듯 고민해 보게 되었을 것이다. 육하원칙에 맞춰 상황을 자세히 서술하는 것은 기사문의 기본이다. 정확한 기사를 쓰기 위한 필수 조건이 육하원칙인 셈이다. '정확한 기사문'이 '좋은 기사문'으로 바뀌는 건 '나만의 관점'이 있느냐, 없느냐에 달려 있다. 상황을 뚫어지게 관찰하다 보면 나만의 관점이 어느샌가 나오게 된다.

연나 역시 기사문을 읽고서도 한참을 길을 헤맸다. 얼마나 더 글을 고쳐야 하는 거냐며 짜증을 부리기도 했다. 관찰은 지난한 과정이 맞다. 그러나 반드시 해내야 하는 과정이기도 하다. 연나에게 '관점'을 찾는 힌트를 주고 싶어서 "누군가 너처럼 힘든 하루를 보냈을 때 어떤 이야기를 해 주고 싶어?"라고 질문했다. 연나는 잠시 생각하다가 "어쩔 수 없어요. 견뎌야죠, 뭐"라고 대답했다. 연나에게 왜 힘든 하루를 견뎌야 하는지, 세상은 그 견딤을 뭐라고 부를지를 생각

아이의 말

하면 '관점'이 탄생한다고 이야기해 주었다. 연나는 잠시 생각하다가 소외와 안타까움의 이야기를 일기에 옮겼다.

육하원칙이 잘 드러날 수 있도록 '관찰자의 눈'을 이용해 일기를 쓴 후 다시 일기를 읽어 보자. 그리고 '마음'으로 일기 속 상황을 타인에게 투영시켜 보면 '나만의 관점'이 드러난다. 관점은 '사물이나 현상을 관찰한 사람의 태도나 방향 또는 처지'를 나타내는 말이다. 나와 같은 상황의 사람에게 무슨 말을 해 줄지 고민하는 과정에서 관점이 길러진다. 관점을 만드는 훈련은 차후 논술을 쓸 때 큰 도움이 된다. 제시문을 잘 읽고 정확한 답을 쓰는 건 백 점짜리 논술이다. 그러나 제시문을 잘 해석한 다음 나의 관점을 살포시 덧붙이면 만점짜리 논술이 탄생한다. 제시문을 해석하고 주제를 찾는 법은 '읽기' 영역에 가깝기에 여러 지문을 읽고, 주제를 찾는 연습을 통해 단기간에 성장시킬 수 있다. 그러나 관점을 찾고 적는 것은 '쓰기'의 영역이자 '마음'의 일이다. 그러므로 단기간에 완성되지 않는다.

연나는 일주일 동안 매일 같이 학원에 와서 눈으로 한 번, 그리고 마음으로 한 번 일기를 썼다. 매일 한 편 같은 두 편의 일기를 쓰는 동안 청소년이 남자 친구와 여자 친구를 만들어도 되는지에 대한 관점, 아이돌 산업에 대한 자신의 의견, 수학 과목 선행이 꼭 필요한지 등 다양한 분야를 아우르는 자신만의 관점을 만들었다. 연나는 본인이 일기를 적으면서도 "이게 제 관점이에요? 이런 게 논술이 돼요?"

"엄마, 나 아무 생각이 안 나"

라는 말을 연거푸 내뱉었다. 자신 안에 글쓰기를 할 때 가장 반짝이는 보석인 '마음'이 숨어 있는 줄 몰랐던 듯하다. 일주일이 지난 후, 학부모님께 전화가 왔다. 연나가 집에서도 일기를 쓰고 있으며 서술형 문제 풀이가 힘들다는 투정도 사라졌다는 내용이었다. 일주일 동안의 수업을 요약해서 말씀드린 뒤 딱 한 가지만 당부드렸다.

"절대 연나의 일기를 훔쳐보지 마세요! 글쓰기 재미를 잃어버릴 수도 있습니다. 때가 되면 연나의 마음을 알고 싶지 않아도 알게 되실 거예요. 관점 쓰기가 익숙해지면 그 어떤 글을 쓰더라도 마음이 튀어나오게 되거든요!"

아이의 말

'두 번 쓰기'를 향한 신뢰

일기만 두 번 쓰는 게 아니다.
어떤 글이든 '두 번' 쓰면 달라진다.

(1) '눈'으로 쓰기 작업

기사를 쓴다는 마음으로 육하원칙에 맞추어 상황을 일목요연하게 정리한다. 이는 요약과 비슷한 작업이기도 하다. 눈으로 본 내용을 자세하게 기록하는 과정에서 내가 놓친 글감이나 사건이 보일 수 있다. 일상 속 대화, 작은 소품 등을 보게 될 것이다. 당연한 하루를 잘 살펴보자. 분명 글감은 일상에 존재한다.

(2) '마음'으로 쓰기 작업

'눈'으로 쓰기 작업이 끝나면 '마음'으로 쓰기에 돌입하자. 이때 두 번째 쓰기가 시작된다. 내가 겪은 상황을 다른 사람이 그대로 겪는다면

"엄마, 나 아무 생각이 안 나"

무슨 말을 해 주고 싶은지, 또는 특정 상황을 내가 겪게 된다면 어떤 행동을 취할 것인지 상상해 보자. 하고픈 말, 취할 행동이 정해지면 그대로 종이에 옮겨 보자. '이게 관점이라는 거라고? 진짜?' 싶겠지만 의심하지 말자. 그게 바로 자신의 관점이다. 서툴더라도 관점 쓰기를 거듭 연습하다 보면 점차 단정한 관점이 나오게 된다.

(3) 모든 글을 '두 번' 쓴다면?

평생 일기 쓰기만 할 거라면 굳이 '두 번'이나 글을 쓰는 수고를 할 필요가 없을지 모른다. 두 번 쓰기는 모든 글에 통용된다. 논술을 쓴다면 제시문을 요약하고 해석한 다음 나의 관점을 곁들이는 두 번 쓰기를 할 수 있다. 독후감을 쓴다면 줄거리를 요약한 후 책에 관한 생각을 정리하는 두 번 쓰기를 할 수 있을 테다. 일기 쓰기를 많이 연습했다면 설명문 쓰기는 과자 먹기보다 쉬울 수 있다. 설명문은 상황을 그대로 설명하기만 하면 그만이기 때문이다. 그러나 퇴고를 통해 글이 더욱 매끄러워질 수 있기에 두 번 쓰면 좋다. 설명문은 마음 대신 '눈'을 이용해 두 번씩 쓰자.

아이의 말

아이의
키워드

경험(經驗)

1. 실제로 해 보거나 겪은 것. 또는 거기서 얻은 지식이나 기능을 종합해 이르는 말.
2. 객관적 대상에 관한 감각이나 지각 작용에 의해 깨닫게 되는 내용.

> **ex** 글 안에 멋지거나 남들과 다른 내용을 넣을 필요는 없다. 소소한 경험 역시 좋은 글감이 된다.

호모 루덴스(Homo Ludens)

네덜란드 역사학자 요한 하위징아 교수가 제안한 개념으로 인간의

"엄마, 나 아무 생각이 안 나"

본질을 '놀이하는 존재'로 정의한다. 어느 순간 '놀이'는 쓸데없는 것, 일정 부분 필요하지만 도움은 되지 않은 것으로 여겨지게 되었다. 그러나 하위징아 교수는 법과 전쟁, 종교, 예술, 스포츠 등 인간 사회의 다양한 현상이 놀이에서 왔다고 설명한다. 글쓰기도 마찬가지다. '호모 루덴스'의 마음가짐으로 여러 경험을 해야만 놀이처럼 즐겁고 실감 나는 글을 쓸 수 있다.

> ex "엄마! '호모 루덴스'처럼 잘 놀아야 좋은 글을 쓸 수 있대!"

스토리(Story)

일정한 줄거리를 담고 있는 말이나 글. '요약하는 글쓰기'에서는 지양해야 하는 것이다.

> ex 독후감을 쓸 때는 책 내용을 요령 있게 요약해야 한다. 이때 스토리 중심으로 책 내용을 요약하면 줄거리 부분이 너무 길어질 위험이 있다.

플롯(Plot)

작품에서 형상화를 위한 여러 요소를 유기적으로 배열하거나 서술하는 일. 글쓰기에서 '원인'과 '결과' 즉, 사건 중심으로 이야기를 요약하는 것을 이른다. 애니메이션 <귀멸의 칼날(鬼滅の刃)>* 1화를 어떻게 요약할 수 있을까? 주인공 탄지로의 아버지가 돌아가신 부분부

터 모두 적게 되면 원고지가 100장이더라도 모자랄 것이다. 이때 필요한 것은 스토리 중심 요약이 아니라 플롯 중심 요약이다.

> ex <귀멸의 칼날> 1화는 탄지로가 가족들의 목숨을 앗아간 혈귀(血鬼, 도깨비)에게 복수하기 위해, 그리고 혈귀가 되어 버린 여동생 네즈코를 다시 인간으로 되돌리기 위해 귀살대(鬼殺隊, 혈귀를 처단하는 군대)에 들어가는 내용이다"라고 서술하면 애니메이션 한 편을 몇 문장으로 요약할 수 있다.
> – 원인(原因): 혈귀에게 몰살된 가족, 여동생 네즈코의 혈귀화
> – 결과(結果): 귀살대 가입

일기(日記)

날마다 그날그날 겪은 일이나 생각, 느낌을 적는 개인의 기록.

> ex 관찰력이 좋은 글, 구체성이 뛰어난 글을 쓰기 위한 최고의 수련법은 '일기 쓰기'이다.

---

* 고토게 코요하루(吾峠呼世晴)의 만화를 원작으로 한 판타지 소년 애니메이션. 다이쇼(大正) 시대를 배경으로 카마도 탄지로(竈門炭治郎)라는 소년이 훌륭한 검사로 성장하는 이야기를 담고 있다.

"엄마, 나 아무 생각이 안 나"

3장

엄마의 말

"이제 잘 쓰는 것 맞아요?"

글쓰기에 왕도는 없다

학생들에게 글쓰기를 지도할 때 항상 강조하는 부분은 '퇴고'다. 퇴고는 '밀 퇴(推)' 자와 '두드릴 고(敲)' 자를 쓴다. 밀 것인가, 두드릴 것인가를 고민하는 것처럼 글을 다 쓴 후에도 깊이 고뇌해야 함을 뜻한다. 퇴고를 강조한다고 해도 모든 아이가 글 고치기에 적극적인 것은 아니다. 한 아이는 "왜 퇴고해야 하는지 모르겠다"는 의견을 표현하기도 했다. 다 쓴 글을 다시 읽는 게 시간 낭비처럼 느껴진다는 뜻이었다. 쓴 글을 붙잡고 고뇌할 바에야 새로운 글로 실력을 키우는 게 자신에게 더 적절하다고 아이는 말했다. 아이를 타이르는 대신 가도(賈島)의 이야기를 들려주었다.

가도는 중국 당나라 때의 유명 시인이다. 과거의 시인들은 부유한 양반가의 자손인 경우가 많았다. 그러나 가도는 가난하고 보잘것 없는 집안 출신이었다. 집이 가난했던 가도는 마음껏 공부할 수 없었지만, 배움을 워낙 좋아해서 책이 있는 곳에 가면 늘 가도가 있었다. 사람들은 그런 가도를 '책 귀신'이라고 불렀다. 가도는 배우기를 즐기고 글쓰기를 사랑하는 문인의 영혼을 지닌 채 태어났다. 평생을 자만하지 않고 열심히 공부했다. 그런데도 과거에 번번이 급제하지 못했다. 주변 사람들은 가도의 집안이 그의 발목을 붙잡는 것이라 수군댔다. 가도는 깊은 절망에 빠진 채 자신의 운명을 저주하는 시간을 보내야 했다. 그 시간이 장장 20년이었다. 그런 와중에도 시를 사랑하는 마음을 버리지 못해 당대의 문인들과 자주 시를 나누었다. 시를 나누다 보니 가도의 시에 신묘한 힘이 있다는 소문이 사람들 사이에 조금씩 퍼졌다. 어딘가 설명할 수 없는 슬픔이 가도에 시에 있다는 소문이었다. 그렇게 가도는 과거에 급제하지는 못했으나 명성을 얻게 되었다.

명성을 얻은 이후에도 가도는 시 쓰기를 게을리하지 않았다. 오히려 더욱 깐깐해졌다. 가도의 깐깐함이 잘 드러나는 시가 있다.

二句三年得, 一吟雙淚流
이구삼년득, 일음쌍누류

　　　　　　　　　　"이제 잘 쓰는 것 맞아요?"

"두 구절을 짓는 데 3년이 걸리고, 한 번 읊으면 두 눈에 눈물이 흐른다"는 뜻이다. 가도는 시를 함부로 짓지 않았다. 오랜 시간 두고 봤다. 쓴 글도 3년을 다시 볼 정도로 정성을 들였다. 몇 년의 시간을 들여 완성한 시는 가도에게 '눈물'이었다. 가도는 연말이 되면 일 년 동안 지은 시를 모두 책상 위에 올린 후 향을 피우고 절을 했다. 일 년이라는 짧은 시간 동안 좋은 시를 쓸 수 있었던 것에 대한 감사를 표하는 가도만의 의식이었다. 시의 신에게 기도를 올린 가도는 그날 만큼은 술을 잔뜩 마시고 기쁨에 빠졌다. 그리고 다음 날 다시 시 짓기를 시작했다.

가도에 대한 이야기를 한창 하고 있는데 아이가 질문을 했다. "선생님, 가도는 바보네요. 모자란 사람이니까 글을 오래 고쳐야 했던 것 아닌가요?" 어쩌면 아이의 말이야말로 날카로운 현실의 이야기일 수 있다. 실제로 가도는 20년이나 과거에 급제하지 못하고 산에서 시를 썼다.

松下問童子, 言師採藥去.

只在此山中, 雲深不知處.

송하문동자, 언사채약거.

지채차산중, 운심부지처.

엄마의 말

소나무 아래에서 동자에게 물으니,

스승은 약초 캐러 가셨다고.

이 산에 계심은 분명한데,

구름이 깊어 계신 곳을 모른다네.

가도가 자신의 처지를 나타낸 「심은자불우(尋隱者不遇)」라는 시다. 가도는 운심부지처(雲深不知處), 즉 깊은 구름에 가려져 그 존재를 세상에 드러내지 못한 시인이었다. 그러나 그것은 가도가 모자란 탓이 아니다. 세상이 미처 가도의 이름을 호명하지 않았을 뿐이다.

아이는 칠판에 적힌 '운심부지처'라는 구절을 오래 보다가 가도가 불쌍한 시인이라고 말했다. 평생 노력했지만 과거에 급제하지 못하고 속세의 부유한 시인이 되지도 못했다는 점이 아이에게 그렇게 보였던 듯하다. 그러나 가도의 시는 대치동 어느 강의실에서도 언급될 정도로 강렬한 생명력을 지녔다. 세상에 오래 남는 시를 창작한 가도를 불쌍해하지 않아도 된다고, 가도의 노력을 배우는 것만으로도 가도는 영생을 살아가는 것이라고 아이에게 말했다. 아이는 잠시 생각에 잠겼다가 칠판에 적힌 '운심부지처' 문구 중 '부(不)' 자를 지웠다.

"이제 잘 쓰는 것 맞아요?"

雲深知處.

운심지처.

구름이 깊지만 계신 곳을 안다네.

가도의 시가 대치동에서 새로운 시인의 손으로 퇴고되는 순간이었다. 아이는 "이렇게 글을 고치는 것이 퇴고인가요?"라고 물었다. 깊이 생각한 다음 자신의 생각을 더 잘 드러내는 방향으로 글을 고치는 것이 퇴고인지 묻는다면 이것은 퇴고가 맞았다. 아이가 자신의 글에도 이와 같은 방식을 적용할 수 있다면 그 글은 가도의 글처럼 깊어질 게 분명했다.

'운심지처'라는 문구를 만든 학생은 이후 "퇴고를 왜 해야 하느냐"는 물음을 던진 적이 없다. 구름에 가려져 있지만 결국 세상에 자신의 진가를 알릴 가도를 위해 '운심지처'라는 문구를 탄생시켰던 때를 늘 기억하고 있기 때문일 테다. 아이는 노트에 글을 쓰면 두세 번은 고칠 정도로 글쓰기에 진심이 되었다. 글은 고칠 때마다 더 좋아질 때도, 오히려 나빠질 때도 있었다. 그러나 다양한 생각을 노트 위에 펼쳐낼 수 있다는 점에서는 가르치는 아이 중 가장 뛰어났다. 아이는 퇴고를 거듭하며 매일 조금씩 성장하고 있었다.

가끔 글쓰기의 왕도(王道)로 향할 수 있는 스킬을 전수해 달라는 분들이 있다. 2~3시간 정도 시간을 내어 학원에 갈 테니 글쓰기가 단박에 좋아지는 스킬적인 부분을 아이에게 가르쳐 달라는 부탁의 말을 듣기도 한다. 그럴 때는 빙긋 웃으면서 아이를 학원에 보내 달라는 말씀만을 드린다. 그리고 아이에게 가도의 이야기를 들려줄 뿐이다. 글쓰기에 왕도는 없다. 가도처럼, 가도의 '운심부지처'를 '운심지처'로 만든 아이처럼 오래 생각하고 고쳐야 성장하는 것이 글쓰기다. '깊다'와 '깨닫다'는 이음동의어[22]일지도 모르겠다. 깨달아야만 비로소 깊어진다. 깨닫는 자만이 글쓰기의 왕도를 걸을 수 있다.

---

22 소리는 다르나 뜻이 같은 단어를 '이음동의어'라고 부른다. '자동차/승용차', '끝나다/마무리되다', '기쁘다/즐겁다' 등을 이음동의어로 분류할 수 있다.

"이제 잘 쓰는 것 맞아요?"

객관적인 글은 훈련이 필요하다

글쓰기 수업을 진행하다 보면 아이들이 지닌 가지각색의 마음을 알수 있다. 타인을 설득하기 위해 논리를 체계적으로 세우는 것은 글쓰기의 일이다. 그렇지만 숨어 있는 감정에 이름을 부여하고 마음을다시금 살펴보는 것도 글쓰기의 일이기에 글을 쓰다 보면 '한 사람'이 드러나기 마련이다.

어릴 때부터 책을 좋아했거나 새로운 이야기를 창작하는 일에 흥미가 있는 친구들의 경우 작가가 되고 싶다는 마음을 글 속에 표출하고는 한다. 작가가 꿈인 친구들의 글은 확실히 특색 있다. 이때 말해지는 '특색'은 글쓰기 수준이 훨씬 높다거나 문장이 매끄럽다는 이야기가 아니다. 글의 구성에서 나타나는 특색이다. 어린이가 바라보는 작가라는 사람들은 다른 사람은 생각지도 못한 이야기를 적어내고, 현실에 있을 법하지만 절대 존재하지 않는 불가능성을 내포한 인물을 창작하는 대단한 존재다. 그렇기에 작가 꿈나무들은 자연스럽게 자신의 글 속에도 작가의 특성을 넣으려 애를 쓴다. 작가가 꿈인 친구들에게 설명문을 적어 보라고 하면 일반적이지 않은 설명문이 탄생한다. 대개 설명문은 담백하다. 설명문은 '읽는 이들이 어떠한 사항에 대해 이해할 수 있도록 객관적이고 논리적으로 서술한 글'을 말한다. 핸드폰 이용 설명서나 프라모델(Plastic Model)[23] 조립 설명서처럼 누구나 알아볼 수 있게 쓴 글을 설명문이라 일컫는다. 그러나 작가를 꿈꾸는 친구들에게 설명문을 적게 하면 문학적 문장이 많이 나온다. 'A 부품을 A-1에 연결하시오'라고 간결하게 적으면 그만일 문장을 작가 꿈나무들은 다음과 같이 표현해 버린다.

"우리가 만들려는 로봇의 가장 핵심적인 장치인 A 부품을 손에 들어 보세요. 그리고 A-1 부분에 가져가 봅니다. 쭉 뻗은 로봇의 팔이 보일 겁니다!"

---

23 플라스틱으로 되어 있는 부품을 조립하여 완성시키는 장난감을 가리키는 말이다. 정식 이름은 플라스틱 모델(Plastic Model)이지만 '프라모델'이라 더 자주 불린다.

"이제 잘 쓰는 것 맞아요?"

작가 꿈나무의 문장처럼 설명서를 적어도 로봇을 조립하는 데에
는 문제가 없을 것이다. '핵심적인 장치인 A 부품'을 'A-1 부분에 가져
가'면 될 테니 말이다. 그러나 설명이 복잡하다 보니 이해하는 데 시
간이 걸린다. 설명문은 가장 기본적인 비문학 형태의 글 구성이다.
실용적인 문장으로만 구성하기로 약속이 되어 있는 글이기도 하다.
실용적인 문장은 '일상생활에 도움이 되는 문장'이라는 뜻을 내포하
고 있다. 실용적인 문장으로 쓴 글은 쉽다. 글을 읽을 줄 아는 사람
이라면 누구나 쉽게 고개를 끄덕일 수 있을 정도로 쉽게 써야 한다.

작가가 꿈인 친구들의 문장이 모두 잘못되었다고 볼 수는 없다.
작가 꿈나무들의 머릿속에는 다소 주관적이더라도 문학을 읽는 듯
한 문장으로 쓰인 글이 정석이라 생각될 수 있기 때문이다. 그리고
부모님들조차도 작가 꿈나무의 글을 보며 '글이 꽤 괜찮은데? 이 정
도면 잘 쓰는 것 아닌가?'라는 생각에 빠지고는 한다. 주관성이 뛰어
난 글은 이전에는 숨기고 있던 자신의 빈틈을 중학교에 진학한 이후
부터 서서히 넓혀 나가기 시작한다. 이전에는 아름답다고, 문학적인
시선이 굉장하다고 칭찬받았던 글이 '군더더기가 많다'라는 평가를
아주 조금씩, 그러다가 걷잡을 수 없을 정도로 많이 받게 된다.

중학교에 올라가면 아이들은 '수행평가'를 마주하게 된다. 수행평
가로 쓰는 글의 종류에 따라 조금씩 달라질 수는 있겠지만 문학(국
어) 관련 수행평가가 아닌 이상 글은 간결할수록 좋다. 수학, 과학, 사

회, 수행평가로 제출하는 글은 아이들이 얼마나 수업을 잘 소화했는지 확인하는 장치다. 다시 말해 분석력을 평가하는 글이다. 해당 수업에서 무엇을 배웠는지, 수업을 들으며 생기게 된 의문점은 무엇인지, 해당 의문점을 어떻게 해결할 예정인지, 의문점을 해결하며 무엇을 알게 되었는지, 더 깊게 알고 싶은 '문제'가 있었는지 등의 항목을 차례대로 적어 나가는 것이 수행평가형 글쓰기의 기본 구성이다. 해결해야 하는 문제가 긴 것처럼 보이지만 '문제점'을 발견하고 '해결책'을 제시한 다음 '더 깊게 알고 싶은 것'을 서술하면 되는 세 가지 단계의 글쓰기라고 보면 편하다.

수행평가 글쓰기에서 문학적 서술을 하게 되면 교과 담당 선생님은 고개를 갸웃거릴 수밖에 없다. 수많은 학생의 글을 평가하고 점수를 내야 하는 상황에서 미괄식(尾括式)[24]으로 구성된 데다가 어디로 튈지 모르는 문학적 서술이 군데군데 적혀 있는 글을 읽으면 "아직 분석이 안 되었나 보네?"라는 판단을 내릴 수밖에 없다. 문학적 서술을 썼으니 당연히 분석력이 떨어질 거라는 편견이 있어서가 아니다. 교과 담당 선생님들이 글을 대충 읽을 거라는 섣부른 이야기를 하는 것도 아니다. 글을 끝까지 정성스럽게 읽어도 문학적 서술

---

24 문단이나 글의 끝부분에 중심 내용이 오는 산문 구성 방식을 지칭하는 말이다. 미괄식의 반의어는 두괄식(頭括式)이다.

"이제 잘 쓰는 것 맞아요?"

을 이용한 수행평가 글쓰기는 원인과 결과가 딱 맞게 떨어지는 학생의 글보다는 낮은 점수를 받게 된다. 이는 수행평가라는 글의 특성 탓이다.

중·고등학교에 다니는 학생들이 수행평가 점수를 높이기 위해 열과 성을 다하는 건 수행평가가 '과목별 세부 능력 및 특기사항', 다시 말해 '세특'이라고 불리는 것과 중요한 연관성을 지니기 때문이다. '세특'은 교과 담당 선생님이 학생 참여형 수업 및 수업과 연계된 수행평가를 살펴본 후 관찰되는 내용을 입력하는 형태로 기록된다. 외부 활동, 교외 대회 수상 내역을 학생부에 기록할 수 없게 되면서 '세특'은 원하는 대학, 원하는 과를 가기 위해 반드시 '완벽하게' 작성해야 하는 항목이 되었다. 예를 들어 아이의 꿈이 의사이고 의학과에 원서를 넣었다면 대학에서 수학 또는 과학(생물) '세특'을 주목해서 볼 가능성이 매우 높아지게 된다. 결국 수행평가는 '세특' 작성의 바탕이 되는 중요 문서다. 문학적인 기량을 뽐내는 한 장의 종이가 아니라 무엇을 보고 배웠는지를 객관적으로 서술해야 하는 글이 수행평가인 것이다.

글을 잘 쓴다는 이야기를 듣곤 했던 작가 꿈나무들은 수행평가를 앞에 두고 '깔끔하지 못한 글'을 쓰는 아이가 되어 버린다. 그러나 수행평가를 포기할 수는 없는 노릇이다. 문학적 글을 잘 쓰는 능력이 있다면 객관적인 글을 쓰는 것도 어렵지 않다. 다만 약간의 훈련이 필요할 뿐이다.

　주관적인 글에 익숙해져 있다면 글 속 '주관적인 표현'을 소거(消去)하는 작업을 진행해 보자. 소거는 '사라질 소' 자와 '갈 거' 자를 쓰는 한자어이다. '글자나 그림을 지워 없애는 것'을 이르는 단어인데, 글쓰기에서는 굳이 필요하지 않은 단어나 문장을 없앨 때 '소거'라는 말을 쓴다. 글쓴이의 생각이나 입장이 들어간 문장은 모두 주관적인 문장이다. 처음 주관적인 문장 소거하기를 해 보면 생각보다 많은 문장에 '나의 의견'이 들어가 있음을 알게 된다. 이는 일기나 감상문에 치우쳤던 초등학생 때의 글쓰기 습관이 묻어나는 것뿐이다. 글쓰기 실력과는 무관하니 자신감 있게, 그리고 기쁜 마음으로 소거를 진행하면 된다. 소거를 하다 보면 몇 안 되는 객관적인 문장이 남게 된다. 해당 객관적인 문장을 필두로 다시 글을 적어 보자. 사실 객관적인 글은 설명 대상을 소개하거나 상황을 이야기하기만 하면 되므로 주관적인 글보다 훨씬 쉽다. 원인과 결과가 드러나게끔 사실을 그대로 적으면 문학적 표현을 썼을 때보다 맹숭맹숭한 글이 나올 것이다. 심심하다고 생각하지 말자. 해당 글을 읽는 교과 담당 선생님은 "오, 원인과 결과가 잘 드러나네!"라며 기뻐하실 테다. 글은 글쓴이를 위한 활동이지만 궁극적으로는 독자를 위한 활동이다. 글은 누군가에게 읽히기 위해 쓰인다. 독자가 읽기 힘든, 암호를 해석하듯 읽어야 하는 글은 특별한 이유가 있는 게 아닌 이상 좋은 글로 평가받을 수 없다.

객관적인 글을 쓰고 나면 마음이 허탈하고 재미없는 글을 쓴 것 같아 글쓰기에 대한 흥미가 떨어지는 아이들이 있다. 작가 꿈나무들과 객관적인 글쓰기 훈련을 하면 "쓰기가 간단해서 좋기는 한데 제 글이 아닌 것 같아요"라는 말을 종종 듣고는 한다. 맞는 말이다. 모두가 똑같이 대상을 설명하는 것에 그치는 글쓰기를 할 거라면 글쓰기가 중요할 이유가 없을 것이다. 글이란 결국 '내 생각 표현하기'에서 벗어날 수 없는 활동이다. 수행평가와 '세특'을 위해 생각을 계속 억압할 수는 없다.

앞서 객관적인 글을 '원인과 결과가 분명한 실용적인 글'이라고 소개한 바 있다. 그리고 객관적인 글을 읽는 사람들은 글쓴이의 분석력을 본다고도 말했다. 만약 객관적인 글쓰기가 잘 진행되었고, 독자가 원하는 모든 바를 전달했다고 가정해 보자. 독자를 위한 글쓰기를 했으니 이제 '글쓴이를 위한 글쓰기'를 첨가해도 괜찮은 시점이다. 설명문, 논설문(주장하는 글), 논술 등의 객관적인 글쓰기가 요구하는 분석을 다 끝냈다면 결론 부분에 '나의 생각'을 피력해도 괜찮다. 한두 줄 정도의 내 생각이 객관적인 글 말미에 들어가게 되면 "분석만 잘하는 게 아니라 생각 역시 뛰어난데?"라는 평을 들을 수 있다. 말이 '아' 다르고 '어' 다르듯 글도 마찬가지다. 쓰는 순서와 방법을 바꾸기만 해도 독자가 받아들이는 내용이 달라진다.

글을 쓰기 전에 내가 쓰는 글이 주관적인 글쓰기인지 객관적인 글쓰기인지 생각해 보자. 그리고 객관적인 글쓰기라면 글쓰기의 순서와 방법을 바꾸어 보면 어떨까? 내 생각을 조금 숨겼을 때 더 빛이 나는 글쓰기도 있기 마련이다.

"이제 잘 쓰는 것 맞아요?"

많이 쓰고, 많이 생각하게 하려면

글쓰기 전문 학원에 다니기도 하고 글쓰기 교육으로 유명한 선생님도 만났지만 내 아이의 실력이 늘 제자리걸음인 것 같을 때가 있다. 물론 완벽한 제자리걸음은 아닐 테다. 원고지 사용법을 조금씩 익히고, 맞춤법과 띄어쓰기가 정돈되고, 논술이 무엇인지 논설문은 무엇인지와 같은 글의 구성을 배우게 되었을 테니 말이다. 그럼에도 아이의 실력이 제자리걸음이라 느껴지는 건 혼자 하는 글쓰기가 서툴다는 생각 때문이다.

옆집에 사는 누구는, 같은 반의 어느 학생은 글쓰기 수업을 받고서 실력이 크게 늘었다는데 내 아이는 종이 한 장도 제대로 채우지

엄마의 말

못할 때가 있다. 이런 아이들에게는 큰 특징이 있다. 학원에만 가면 글쓰기를 잘해 온다는 것이다. 구성도 깔끔하고 생각하는 모양새도 나름 세련되었다. '선생님과 함께 쓴 건가? 손을 봐주었나?' 싶어 상담 전화를 하면 "아뇨, 그건 ○○ 혼자 쓴 글이에요. 실력이 많이 늘었어요"라는 대답을 듣게 된다. 글쓰기 학원 선생님이 거짓말이라도 하는 걸까? 정답부터 이야기하자면 "NO!"이다. 학원 또는 과외를 통해 배우는 글쓰기 수업은 짧으면 2시간 길면 4시간 정도로 진행되는 경우가 많다. 1:1 수업도 분명 존재하겠지만 타 과목에 비해 수요가 많지 않은 글쓰기 교육의 특성상 적으면 4~5명, 많으면 7~8명의 아이를 묶어서 수업하게 된다. 강의실에서 선생님이 딱 한 아이의 글만 정성스럽게 고쳐 줄 리는 만무하다. 4~5명의 글을 읽고 합평만 해도 시간이 부족하다.

그럼에도 왜 학원과 집에서의 글쓰기 실력에 차이가 생기는 걸까? 요즈음에는 많이 쓰지 않는 것 같지만 예전에는 '가방 운전수'라는 표현이 있었다. 학교나 학원에서 공부는 하지 않고 노상 놀기만 하는 아이에게 '가방 운전수'라는 별명이 붙고는 했다. 가방만 학교나 학원으로 운전을 해 주고 학생은 딴짓만 하고 있다는 데서 비롯된 별명이다. '가방 운전수'라는 별명은 '공부 못하는 아이'를 지칭하는 것처럼 보인다. 공부에 관심이 없고 세상만사를 다 제쳐 둔 아이를 가리키는 말처럼 느껴지기도 한다. 그러나 '가방 운전수'들은 어떻

"이제 잘 쓰는 것 맞아요?"

게 되었든 학교나 학원에 성실하게 가는 인물들이다. 태도 문제는 분명 존재하지만, '가방 운전수'들 역시 교육의 장에서 보고 듣고 경험하는 것이 결코 적지 않을 것이다. 어떤 장소에 가기만 해도 쌓이는 무언가는 차후 인생의 귀중한 재료가 된다. 그리고 그 재료는 결국 '아이디어'로 귀결되기 마련이다.

대치동에는 학교나 학원에 가기 좋아하는 성실한 아이들만 있을 것 같지만 꼭 그렇지도 않다. 학교에서 배울 것이 없으니 홈스쿨링(Home Schooling)을 하고 싶다는 아이도 있고 규칙적인 학교생활이 힘들다며 따로 영재 교육을 받고 싶다고 고민을 토로하는 아이도 있다. 유학길에 오르든 특정 과목의 영재 교육을 받든 아이가 원하고 좋은 커리큘럼이 있다면 경험해 보라고 추천한다. 그러나 절대 학교를 그만두어서는 안 된다는 말을 덧붙이고는 한다. 학교에서 배울 것이 없는데 왜 학교를 다녀야 하느냐고 반문하는 사람들에게 다음과 같은 이야기를 해 준다.

후한 말기와 삼국시대를 배경으로 한 역사 소설 『삼국지』는 영웅들의 지략과 전술, 처세술을 책 한 권으로 익힐 수 있다는 점에서 불후의 명작으로 불린다. 중국 문학 가운데 가장 유명한 작품 중 하나이기도 하고 영화, 드라마, 게임 등으로 수없이 제작되었지만 새로운 시리즈가 나올 때마다 인기를 끌고는 한다. 중국 서남쪽에 '쓰촨(四川)'이라는 지역이 있다. 중국집 메뉴판 한구석에 자리한 '사천 자장'

의 '사천'도 지역명인 쓰촨을 그대로 붙인 것이다. '사천 자장'을 먹어 본 사람이라면 톡 쏘는 매콤함을 잊을 수 없다. 사천 요리는 지독하게 맵다는 특징이 있다. 습한 기온 탓에 땀을 흘리며 먹는 요리가 발달해서 그렇다. 마파두부도 쓰촨에서 생겨났다. 애니메이션 <요리왕 비룡(中華一番)>[25]의 비룡도 쓰촨 출신이다. 『삼국지』 이야기를 하다가 왜 갑자기 쓰촨 이야기가 나왔느냐고? 『삼국지』를 읽어 본 사람이라면 자연스럽게 쓰촨의 옛 지명인 촉(蜀)이 떠올랐을 것이다.

　『삼국지』의 촉 땅에 해당하는 쓰촨은 산맥으로 고립된 지형이다. 바깥에서 쓰촨 내부로 들어오려면 수많은 산맥과 굽이진 길을 통과해야 한다. 오죽하면 이백(李伯)[26]이 「촉도난(蜀道難)」이라는 시를 통해 "촉으로 가는 길은 하늘을 오르는 것보다 더 어렵다(蜀道之難難於上青天)"라는 말을 남겼을까? 그만큼 산세가 험준하다. 현재에도 쓰촨으로 가는 길이 만 리처럼 느껴진다는 사람이 많다. 촉이라 불리던 시절에는 더했으면 더했지 덜 하지는 않았을 것이다. 들어가기도 나가기도 힘든 지역이다 보니 촉은 잔도(棧道)를 이용해 적군을 방어하고는 했다. 잔도는 벼랑에 수평으로 쭉 뻗은 나무 막대를 깔고 그

---

25 1997년부터 1998년까지 후지 텔레비전 계열 채널에서 방영된 요리 애니메이션. 안노 마사미(案納正美) 감독의 대표작이다.

26 당나라의 낭만주의 시인이다. 중국 역사상 가장 위대한 시인이라 불리기도 한다. 이칭은 이태백(李太白).

　　　　　　　　　　　"이제 잘 쓰는 것 맞아요?"

위에 판자를 올린 좁은 길을 말한다. 워낙 좁은 길이다 보니 장비 같은 장사(壯士)가 잔도를 지키고 서 있으면 수천만 대군이 오더라도 잔도를 지날 수가 없다.

어른은 이미 사회와 연결될 수 있는 수많은 잔도가 있는 사람들이다. 어디로든 가서 누군가를 만나는 일을 유려하게 해낼 수 있다. 노력만 하면 새로운 아이디어를 얼마든지 얻을 수 있는 것이다. 그러나 아이들은 말 그대로 딱 하나의 잔도만을 가지고 있다. 꾸준히 새로운 아이디어를 아이들에게 공급해 주는 창구는 학교가 유일하다. 학원이나 기타 기관도 물론 아이디어 제공처의 역할을 해 주겠지만 학교처럼 다양한 군상의 사람들이 모이는 '강제적 약속'의 장소는 아니다. 학교 생활이 소중한 것은 나와 전혀 다른 삶을 살아가는 이들과 매일 마주하며 여러 경험을 쌓아갈 수 있기 때문이다. 학원이나 기타 기관은 흥미나 수준에 따라 사람들이 1차적으로 선별되기에 학교만큼의 다양성을 기대할 수 없다. 학교를 '작은 사회' 또는 '인생 수업의 장'이라고 부르는 건 규칙성과 다양성 때문이다.

그런데 그런 잔도를 끊어버리면 어떻게 될까? 과거의 촉은 도저히 이길 수 없는 대군이 침입을 시도할 때 잔도를 부수거나 불을 지르는 방식으로 나라를 구했다. 촉으로 가는 유일한 통로인 잔도가 막혔으니 적군은 잔도를 스스로 만들면서 촉으로 올 수밖에 없다. 적군이 잔도를 만드는 동안 촉은 군대를 보강 또는 정비할 수 있으

엄마의 말

니 싸움에 유리할 수밖에 없었다. "뭐야? 오히려 잔도를 끊는 게 좋잖아?" 싶겠지만 절대 아니다. 잔도의 소실은 결국 촉의 약점이 된다. 외부와의 연결 통로를 모두 끊은 것이기에 새로운 생필품을 외부에서 사 올 수도 없고 촉을 벗어나 도망칠 수도 없다. 촉은 자신이 불태운 잔도를 다시 하나씩 복구해 바깥으로 나가야 한다.

아이가 학교를 그만두는 건 작은 사회로 나아가는 잔도를 끊어버리는 것과 같다. 고립되는 것이나 다름없는 것이다. 많이 쓰고 많이 생각하게 하려면 잔도를 지키는 것이 중요하다. 물론 중요한 순간에는 퇴각할 수도 있다. 그러나 그건 여러 개의 잔도를 가진 사람에게나 해당되는 말이다. 학교에 가기만 해도 쌓이는 경험은 인생의 귀중한 재료가 된다. 그 잔도를 소실시키면 어떤 장소에도 다다를 수 없지 않을까? 학교라는 잔도를 반드시 지켜야 하는 이유다.

학원에서 쓸 때는 쉬웠던 글쓰기가 집에서 어색하게 느껴지는 건 아이디어 제공처가 소실되었기 때문이다. 학원은 다양한 의견을 들을 수 있는 장소다. 친구들과 함께 글을 쓰면서 여러 의견이 교환된다. 또는 선생님께 "이 부분은 어떻게 발전시키면 될까요?"라는 질문을 하면 기본 뼈대에 살을 붙이는 방법을 적절히 코칭해 주기도 한다. 아이디어 속에서 아이는 힘을 얻어 글을 쓴다. 이미 '어떻게 하면 되겠다'라는 보물 지도가 대화 속에서 완성된 상황이기에 글을 쓰는 게 어렵지 않다. 잘 쓴 글이든 터무니없는 내용이든 간에 글 한 편을

"이제 잘 쓰는 것 맞아요?"

쓰기에는 부족함 없는 생각의 지도가 완성되는 셈이다.

　학원을 오래 보내면 어색함이 줄어들 것이라 기대할 수도 있을 테지만, 확률은 반반이다. 어떤 아이는 학원에서 배운 기술을 집에서 접목시킬 수 있다. 그러나 또 다른 아이는 그것이 힘들 수가 있다. 글쓰기 학원에 다니는 이유는 '혼자서도 글을 잘 쓰기 위해서'이다. 반반의 확률을 백 퍼센트로 만들고 싶다면 학원에 다니는 동안 연습을 해야 한다. 이때 '작은 사회'라고 불리는 학교를 효과적으로 이용하는 것이 좋다. 학교 수업이 지루하거나 꼴 보기 싫은 친구가 있더라도 세상의 이야기를 경청해 보자. 경청만 해도 아이디어가 생기겠지만 경청을 넘어서 관찰까지 시도한다면 정말 좋은 글감이 나타날 것이다. 학교라는 1차 잔도를 기점으로 2차 잔도인 학원, 3차 잔도인 여러 장소에 가서 경험담을 쌓자. 잔도가 많아지면 많아질수록 생각이 풍부해진다. 생각이 풍부해지면 자연스럽게 글이 나오게 된다.

　옛 어른들이나 할 법한 뻔한 이야기를 한다고 생각할 수도 있겠다. 학교에 가야만 좋은 사람이 된다는 게 아니다. 잔도를 넓힌다는 생각으로 학교를 이용하라는 뜻이다. 교실 문을 열면 비슷하게 귀여운 아이들이 앉아 있다. 겉모습은 비슷할지 몰라도 그 속에 든 생각은 다들 다르다. 버라이어티한 내면에 집중해 보자. 귀를 기울이면 세상은 놀라운 아이디어를 들려줄 것이다.

대치동표 추천 도서 '무엇을 읽혀야 할까?'

많이 쓰고 많이 생각하게 하는 데에는 경험만 한 것이 없다. 학교는 작은 사회나 다름없기에 그 안에서의 경험은 가장 값진 자산이 되기도 한다. 아이디어를 키우고 관찰력을 기르는 데 그보다 멋진 교육의 장은 없다. 그러나 아이를 가진 부모의 입장에서는 더욱 다양한 경험을 제공하고 싶은 게 인지상정(人之常情)이다.

인지상정이라고는 했지만 마음만으로 모든 욕심을 채울 수는 없는 노릇이다. 한국은 전 세계 국가 중 노동 강도가 가장 강한 나라 중 한 곳이다. 물론 2020년대를 기점으로 일과 개인의 삶 사이의 균형을 이르는 말인 '워라밸(Work-Llife Balance)'이 사회에 퍼지면서

"이제 잘 쓰는 것 맞아요?"

노동 시간이 줄어들기는 했다. 2024년 3월 고용노동부의 고용노동 통계에 따르면 지난해 기준 종사자 1인 이상 사업체 근로자들의 월 평균 근로 시간은 156.2시간이었다. 158.7시간씩 일해야 했던 2022년보다 2.5시간 줄어든 것이다. 매년 노동 시간이 줄어든 덕분에 10년 전에 비해 월 노동 시간이 16시간이나 감소했다. '감격의 수치'까지는 아닐지라도 의미 있는 결과라 볼 수 있겠다. 그렇지만 여전히 OECD[27] 가입국 중 네 손가락 안에 들 정도로 오랜 시간 일[28]하고 있다. 노동이 길다는 건 그만큼 휴식이 짧다는 것을 의미한다. 체력이 넘치는 사람이라면 일도 일대로, 노는 것도 노는 것대로 열심히 할 수 있겠지만 말처럼 쉬운 일이 아니다.

　극도의 노동 시간을 버티다 보면 아이에게 다양한 경험을 제공하지 못할 때가 많다. 그럼에도 최선의 노력을 다하겠지만 어딘가 빈틈이 있을 것만 같은 불안감이 엄습하곤 한다. 오랜 기간 함께 수업한 학생의 학부모님과는 자연스럽게 높은 친밀도가 형성된다. 이런 경우 상담 전화를 진행할 때 학습에 관한 부분뿐만 아니라 일상적인

---

27 1961년에 창설된 국제 경제 협력 기구. 경제 성장, 개발 도상국 원조, 통상 확대 등을 주요 목적으로 삼고 있다. 한국은 1996년에 회원국으로 가입했다.

28 2021년 기준 한국의 노동 시간은 1,915시간으로 OECD 가입국 중 4위를 차지했다. OECD 평균인 1,716시간보다 199시간 많다. 한국보다 노동 시간이 긴 국가는 칠레(1,916시간), 코스타리카(2,073시간), 멕시코(2,128시간)이다.

이야기까지 듣게 된다. 많은 학부모님이 아이가 일주일 내내 학원만 돌아다닐 뿐 의미 있는 경험의 시간을 가지지 못하는 것 같다며 안타까워한다. 명절이나 휴가 때가 아닌 다음에야 아이를 돌볼 시간이 절대적으로 부족하다는 말과 함께 '이러다 추억이 없는 얼빠진 아이가 되는 것은 아닌지 모르겠다'며 한탄의 소리를 덧붙이기도 한다. 학부모님의 감정에 공감한다. 그러나 마냥 슬퍼할 문제는 아닌 것 같다. 몇 가정을 제외하면 대부분의 아이가 비슷한 스케줄을 소화하며 살아가기 때문이다. '나만 못하고 있다'라든가 '우리 아이만 무언가를 하지 않고 있는 것'이 아니라는 이야기다. 경험이 부족해 빈틈이 생길 것 같다고 불안해하는 학부모님께 추천하는 건 단 하나다. 바로 독서다.

책은 왜 생겨났을까? 정확한 바는 알 수 없어도 교육의 질을 향상하기 위해 생겨났음은 부정할 수 없다. 책이 없던 시절에는 좋은 선생님을 실제로 만나 수업을 듣거나 가 보지 못한 장소에 직접 도달해야만 새로운 풍경을 학습할 수 있었을 것이다. 그러나 항상 선생님을 만날 수 없고 늘 새로운 풍경에 도달할 수 있는 여유가 있는 건 아니기에 점차 책이라는 형태로 지식의 저변을 넓혀 나갔을 거라 추측된다. 이렇듯 책은 간접 체험을 가능하게 한다. 실제로 경험하지 못했어도, 내 손을 거친 연구가 아닐지라도, 생전 처음 듣는 누군가의 삶도 책을 읽으면 모두 내 것으로 만들 수 있다. 시대가 바뀌어 컴퓨터

"이제 잘 쓰는 것 맞아요?"

나 태블릿으로 읽을 수 있는 전자책이 생겨나고 소리를 듣기만 해도 줄거리를 익힐 수 있는 오디오북도 등장했다. 책의 가장 큰 강점은 간접 체험을 가능하게 해 준다는 데 있다. 그 특성은 오랜 시간이 흐른 지금도 달라지지 않았다.

그렇다면 아이에게 어떤 책을 읽히는 게 좋을까? 학교 수업에 도움이 되는 학습 동화? 불후의 명작이라 불리는 고전들? 아이에게 최대한 양질의 지식을 전하고 싶다는 욕심이 생기게 되면 잘못된 선택을 할 가능성이 커진다. 정말 좋은 책이지만 아이가 절대 읽지 않는 책을 구매하게 되기 때문이다. 2000년대 초반만 해도 이웃집에 방문하면 과연 누가 읽는지 궁금해지는 두꺼운 백과사전이 거실 벽 한쪽을 차지하는 풍경을 자주 볼 수 있었다. 컴퓨터가 낯선, 그리고 스마트폰이 나올 줄은 상상조차 못 했던 당시 사람들은 아이가 크는 동안 읽을 지식의 요새를 백과사전에서 마련하고는 했다. '과연 우리 아이가 백과사전을 읽을까?' 싶으면서도 "요새 아이 키우는 집엔 백과사전이 다 있습니다"라는 말을 들으면 학부모가 된 이상 결제를 할 수밖에 없게 된다. 정보력이 넘치는 지금 시대에도 그런 실수를 하는 사람이 있을까 싶겠지만 생각보다 많은 학부모가 두꺼운 백과사전을 구매하고는 한다. 그러고는 "만화로 된 백과사전이기는 해요. 언젠가는 읽겠죠"라며 멋쩍은 미소를 짓는다. 미소 속 진심이 웃음 반, 쓴웃음 반이라는 사실을 알게 되면 지켜보는 입장에서는 도저히

　　　　　　　　　　　　　　　　　　　　엄마의 말

웃을 수가 없게 된다.

　문제집, 문학, 비문학 등 그 어떤 책이라도 고르는 기준은 항상 다음과 같아야 한다. 내 아이의 수준보다는 쉬운, 그렇지만 백 퍼센트 아는 내용은 아닌 책을 골라야 한다. 쉬운 책을 읽어서 어떤 성장이 있겠나 싶겠지만 인간은 망각의 동물이다. 이미 배우거나 알고 있는 내용이라 할지라도 시간이 흐르면 잊게 된다. 완벽히 학습을 끝낸 후 줄줄 외우고 다니는 정보더라도 어느 순간 "엇! 깜박했다"라며 비명을 지르게 되는 게 인간의 기억력이다. 아이의 수준보다 조금 쉬운 책을 고르게 되면 책 읽는 일이 부담스럽지 않게 된다. 해당 책이 문제집이라면 풀기가 부담스럽지 않을 것이다. 부담스럽지 않다는 것은 자꾸만 손이 간다는 것을 의미한다. 책도 결국 사람의 손을 타야 하는 물건이다. 집에 전시해 두고 쌓아 둔다고 해서 내 것이 되는 게 아니다. 자주 만지고 부대낄수록 지식도 늘어난다. 완독을 향해 나아가다 보면 필연적으로 모르는 내용이 책 속에 나온다. 아무리 만만한 책을 읽더라도 책 한 권에 담긴 정보를 모두 알기란 쉬운 일이 아니다. 간혹 모르는 정보가 나왔을 때 해당 부분을 더 알아보기도 하고 어려운 내용을 독파해 보는 동안 간접 경험의 층위가 단단해진다. 마찬가지로 문제집이라면 몰랐던 내용을 학습함으로써 시험 문제 하나를 더 맞힐 수 있게 되는 것이다.

　아무리 좋은 백과사전을 집에 사 둔다고 해도 백과사전은 백과

　　　　　　　"이제 잘 쓰는 것 맞아요?"

사전일 뿐이다. 아는 것보다 모르는 내용이 훨씬 많이 담긴 백과사전은 아이의 흥미를 끌기가 매우 어렵다. 특정 책을 읽혀야 한다는 광고에 속을 필요가 없다. 시간을 내어 딱 한 번만 아이와 함께 서점에 가 보자. '아이의 수준보다는 쉬운, 그렇지만 백 퍼센트 아는 내용은 아닌 책'을 찾을 수 있다. 그 한 권을 통해 책의 수준을 점차 높여가는 일에 집중하면 된다. 백과사전을 한번에 아이의 머리에 넣으려 하는 것보다 쉬운 작업이 될 것이다.

책의 수준을 점진적으로 높이는 작업이 효과적임을 깨닫게 된 건 중학교 1학년 때다. 중학교 1학년 도덕 교과서에 '된 사람'과 '난사람' 개념이 나온다. 학생들에게 '바람직한 어른'의 모습을 설명하기 위해 등장하는 개념들이다. 어떤 호기심에서였는지는 모르겠지만 '된 사람'과 '난사람'은 누구를 이야기하는지, 그런 사람이 되려면 어떻게 해야 하는지가 무척 궁금했었다. 그런데 교과서에는 각 단어의 뜻 정도만 명시되어 있었다. 그 길로 집에 가서 어떻게 해야 된 사람, 그리고 난사람이 될 수 있는지 어머니께 질문했다. 으레 모든 가정의 부모님이 그렇듯 어머니 역시 교과서 속의 모든 내용을 아는 분은 아니었다. 그 길로 함께 서점으로 가서 된 사람과 난사람의 예시를 잘 설명해 둔 참고서를 사서 읽었다. 궁금해하던 내용이었기에 시간 가는 줄도 모르고 책을 읽었다. 책을 읽다가 궁금한 부분이 생기면 또 서점에 가서 해당 부분과 관련된 책을 샀다. 그렇게 몇 번을 반복

엄마의 말

하다 보니 어느새 장 자크 루소(Rousseau, J. J.)의 『에밀(Émile)』[29]을 읽고 있었다.

백 퍼센트 아는 내용은 아닌 쉬운 책을 통해 지식을 격추하다 보면 어느 순간 고전의 영역에 도달하게 된다. 책을 좋아하는 사람에게나 통하는 방법이라고 생각하겠지만 그렇지 않다. 그 어떤 아이에게도 통하는 방법이다. 내가 가르치는 아이 중 책을 그다지 좋아하지 않는 친구가 있었다. 그러나 글쓰기만은 잘하고 싶어 해서 어떻게 가르쳐야 할지 고민을 많이 했었다. 아이의 이름은 현상이었는데, 수업을 진행하다 보니 매우 특별한 취미가 있다는 것을 알 수 있었다. 현상이는 부모님과 하루에 한 시간만 유튜브를 시청하기로 약속한 친구였다. 하루 딱 한 번 유튜브를 보는 달콤한 시간이 찾아왔을 때 무엇을 보느냐고 물었다. 현상이는 '미스터리 우체통'이라는 채널을 반복해 본다고 이야기해 주었다. 검색해 보니 아이들이 좋아할 법한 애니메이션을 통해 무서운 이야기를 풀어 놓는 이른바 괴담 채널이었다. '미스터리 우체통'의 무엇이 그렇게 좋았느냐고 이어서 질문했다. 책에서는 거의 볼 수 없는 단어인 시체, 귀신, 퇴마 같은 것들이 자주

---

29 프랑스 철학자 루소의 교육 소설. 에밀이라는 고아의 삶을 통해 지식 위주의 주입식 교육을 배격하고, 인간 본연의 자연성을 존중하는 전인(全人) 교육 방법에 대해 서술한 책이다. 1762년에 간행되었다.

"이제 잘 쓰는 것 맞아요?"

나오기도 하고 오싹한 기분이 드는 게 정말 좋다고 현상이는 대답했다. 그 말을 듣자 머릿속에 소설 한 편이 떠올랐다. 현상이에게 소설을 읽어 보지 않겠느냐고 제안했다. 당연히 단칼에 거절당했다. 선생님과의 유대감과 책 읽기는 학생에게 있어 상당히 다른 영역이다. 어르고 달랜다고 책을 읽는 것이 아니라는 말이다. 그러나 그 소설은 현상이의 취향에 딱 들어맞는 단편이었다. 거절 한 번에 포기할 수는 없으니 소설의 첫 구절을 이야기해 주었다. 그 순간 현상이는 단번에 그 책을 읽겠다고, 제발 복사해 달라고 졸랐다.

현상이의 태도가 갑자기 달라진 건 책의 내용 때문이다. 일본의 근대 소설가 가지이 모토지로(梶井基次郎)의 단편 「벚나무 아래에는(桜の樹の下には)」이라는 단편은 A5 용지를 기준으로 3장을 조금 넘는 분량을 지닌 소설이다. 너무 잔인한 내용을 다루지 않으면서도 인간이 가진 공포를 잘 설명하는 소설이라 책을 싫어하는 현상이의 흥미를 끌기에 안성맞춤이었다. 현상이가 반한 소설의 첫 구절은 "벚나무 아래에는 시체가 묻혀 있다!"[30]였다. 괴담 유튜브를 좋아하는 아이인 만큼 당연히 「벚나무 아래에는」을 좋아할 수밖에 없었다. 소설 복사본을 제공하면서 현상이에게 한 가지만 약속해 달라고 했다. 소설을 읽으면서 궁금했던 내용을 딱 하나만 찾아보는 것이다. 찾아오

---

30 "桜の樹の下には屍体したいが埋まっている！"

기만 한다면 다음에는 더 무서운 소설을 소개해 주겠다는 게 약속의 요지였다. 어려운 숙제가 아니다 보니 현상이는 고개를 끄덕였고 약속대로 궁금했던 내용을 하나 찾아와 주었다.

> 말의 사체, 개나 고양이의 사체 그리고 인간의 사체, 모든 사체는 현란하게 썩어 구더기가 끓고 참을 수 없는 냄새를 풍긴다. 그러면서도 수정 같은 액체가 방울져 떨어진다.[31]

현상이는 사체에서 나는 냄새가 '어떤 냄새'인지 궁금해했다. 괴기스러운 호기심이라 생각할 수 있겠지만 현상이의 궁금증에 공감을 표했다. 그리고 사체의 냄새를 묘사해 둔 또 다른 공포 소설인 에드거 앨런 포(Edgar Allan Poe)의 『검은 고양이』를 추천해 주었다. 미국 낭만주의 소설의 중심이라고 불리는 에드거 앨런 포는 미스터리 분야의 새로운 지평을 연 소설가이자 문학평론가다. 그 이후로도 현상이는 계속 밑줄을 통해 질문거리를 만들어 왔고 차츰차츰 독서에 익숙해졌다. 현상이가 나와 함께 마지막으로 읽은 책은 『미스테리아 31호』다. 문학동네 엘릭시르에서 계절마다 출판되는 잡지인 『미스테리아』는 미스터리 및 역사를 연구하는 석학들의 연구 기록이 담긴

---

31 가지이 모토지로(정수윤 역), 「벚나무 아래는」 『슬픈 인간』 봄날의 책, 2017, 294~297쪽.

책이다. 31호의 주제는 1970년대였다. 31호를 현상이와 읽었던 이유는 결국 현상이가 읽어야 할 문학은 미스터리 문학이 아니라 한국 문학이기 때문이다. 특히 1970년대 문학은 산업화, 도시화 등의 특징을 여실히 보여 주는 것들이 많아 수능 및 모의고사에 자주 출제되고는 한다. 이미 여러 책으로 읽기 근육이 단단해진 현상이는 '베트남전 파병', '와우아파트 붕괴', '성남 광주대단지 시민 봉기' 등을 주제로 쓰인 연구 이력들을 어려운 줄도 모르고 쉽게 읽었다. 그리고 1970년대의 잔상이 꼭 미스터리 문학처럼 흥미롭다며 미소를 보이기도 했다.

쉬운 책에서부터 가지를 뻗어 나가면 아이의 취향에 맞는 책을 찾을 수 있다. 아이는 자신의 취미에 부합하는 책을 만나면 그 내용이 얼마나 어렵든 포기하지 않고 책장을 넘긴다. '과연 '대치동표 추천 도서'가 무엇일까?'라는 마음으로 해당 장을 읽은 독자가 있다면 심심한 사과의 말을 전하고 싶다. 대치동표 추천 도서는 '없다'라는 책이다. 누군가의 추천 도서, 무엇을 읽히라는 말 대신 아이에게 집중해 보자. 그리고 아이가 충분히 뜸을 들이며 지식을 좇을 수 있는 시간을 제공해 보자. 책꽂이에 책이 쌓이는 것은 시간문제일 것이다.

엄마의
키워드

**객관(客觀)적인 글**

주관(主觀)에 좌우되지 않고 언제 누가 보아도 '그러하다'고 인정되는 성질을 '객관'이라 부른다. 설명문, 논설문 등 각종 비문학은 객관적으로 서술된다.

> **ex** 명확한 근거가 존재하는 객관적인 글을 쓸 때는 주관적 의견을 소거해야 한다.

**수행평가(遂行評價)**

공교육 기관에서 학생의 학습 수행 과정과 결과를 직접 관찰하고 판

"이제 잘 쓰는 것 맞아요?"

단하는 것. 평가 방법으로 논술(論述), 구술(口述), 실기, 연구 보고서 등이 있다. 중·고등학교에서는 평가 결과가 내신(內申)*에 반영되기도 한다. 논술 형태의 평가 방법이 주로 채택되므로 글쓰기를 잘하면 수행평가에서도 유리하다.

> ex 수행평가는 암기 위주 시험의 한계를 극복하고 고차원적 사고 능력 함양을 위해 1999년 처음 도입되었다. 그러나 2020년대에 들어서면서 수행평가 시행 횟수가 지나치게 늘어나거나 특정 시기에 집중되는 현상이 많아졌다. 학생들의 과도한 부담을 줄이기 위해 2025년 하반기부터 ① 수업 시간 내에 모든 수행평가를 진행하고, ② 외부 요인의 개입이 높은 과제형 수행평가를 운영하지 않는 것으로 평가 방식이 개선되었다.

두괄식(頭括式)

글의 첫머리에 중심 내용이 오는 산문 구성 방식. 모두가 알고 있는 사회 현상에 관한 글, 정보 전달 위주의 글은 두괄식으로 적는 경우가 많다.

> ex 글의 첫머리에 주제를 대략 밝혀 두는 형식인 '두괄식 구

---

* 학교에서 치르는 시험. 학교생활 기록 내용 자체를 의미하기도 한다.

엄마의 말

성'은 독자의 이해를 돕는 데 좋다.

미괄식(尾括式)

문단이나 글의 끝부분에 중심 내용이 오는 산문 구성 방식. 해결책을 제시하는 형태의 글쓰기나 수필(隨筆)에서 활용된다.

ex 시험용 글쓰기인 논술은 글자 수 제한이 있어 미괄식보다는 두괄식으로 쓰는 것이 효과적이다.

잔도(棧道)

험한 벼랑 같은 곳에 낸 좁은 길. 옛 강릉의 대관령이나 『삼국지』 속 촉(蜀)처럼 접근하기 어려운 땅을 '잔도'라 부르기도 한다.

ex 다양한 경험을 할 수 있는 어른이 되기 전까지는 지식의 요새이자 잔도인 학교를 열심히 다녀야 한다.

"이제 잘 쓰는 것 맞아요?"

아이와 읽기 좋은
1970년대 소설

"특히 1970년대 문학은 산업화, 도시화 등의 특징을 여실히 보여 주는 것들이 많아 수능 및 모의고사에 자주 출제되고는 한다. 이미 여러 책으로 읽기 근육이 쌓인 현상이는 '베트남전 파병', '와우아파트 붕괴', '성남 광주대단지 시민 봉기' 등을 주제로 쓰인 연구 이력들을 어려운 줄도 모르고 쉽게 읽었다. 그리고 1970년대의 잔상이 꼭 미스터리 문학처럼 흥미롭다며 미소를 보이기도 했다."

일화 속 현상이와는 달리 우리 아이가 1970년대 문학을 읽으려면 억겁(億劫)의 시간이 걸릴 것이라 겁을 내는 분들이 많다. '1970년대'는 한 시대를 부르는 호칭일 뿐이다. 유별나게 어려운 글이 많다거나 아이의 수준으로 이해하지 못할 외계어로 문학이 쓰인 시대가 아니다. 1970년대 문학 지문이 국어 시험에 자주 등장하는 이유는 무엇일까? 해당 시기에 사회가 급격히 변했기 때문이다. 시골에서 도시로 이동하는 인구가 내폭 늘었고 빈부의 격차 또한 확대되었다. '인간성의 상실'과 같은 문제가 새로운 사회 고민으로 대두되기도 했다. 이 같은 모습을 여실히 담고 있는 시대의 거울이 바로 1970년대 문학이다.

"돈이 다일까?", "행복은 어디에서 오는 걸까?", "사람답게 산다는 건 무엇일까?" 같은 다양한 이야기를 1970년대 소설을 읽으며 아이와 부모가 나눌 수 있다. '소설 읽기'는 분명 시험에 도움이 된다. 그러나 그보다 먼저 역사와 사회를 감정적으로 배우게 된다. 또 시대가 호명했던 불평등과 소외, 인간다운 삶에 대한 고민이 오늘날에도 여전히 유효한 질문임을 자연스럽게 느낄 수 있다.

"이제 잘 쓰는 것 맞아요?"

1단계 이청준의 「건방진 신문팔이」

처음 1970년대 소설을 읽는다면 이청준의 「건방진 신문팔이」*를 추천한다. '신문팔이 소년'이라 불리는 주인공이 갑자기 사라져 버린 미스터리한 일화를 주축으로 서사가 진행되는 독특한 단편 소설이다. 소년은 저녁 아홉 시가 되면 버스에 올라 특유의 어조로 "동아일보요, 서울신문이요, 중앙일보요, 민국일보요!"라며 각종 신문 이름을 읊조린다. 서대문 정류소를 드나드는 사람들은 소년을 '이상한 사람'이라 생각하면서도 사랑스럽게 바라본다. 그러던 어느 날, 소년이 갑자기 사라진다. 사람들은 소년을 기다리지만 나타나지 않는다. 왜 소년은 나타나지 않는 걸까? 그리고 모두가 사랑스럽게 바라보는 소년을 수식하는 단어는 왜 '건방진'일까?

현대 사회에서 '정보'란 '더는 숨길 수 없는 것'이다. 유튜브(YouTube)나 각종 숏폼(Short-Form) 플랫폼의 등장으로 인해 누구나 쉽고 간편하게 정보에 접근할 수 있고, 정보를 생산할 수도 있다. 1970년대는 지금과 달랐다. 그래서 '언론 탄압'이 존재했다. "왜 1970년대에

---

* 한국 소설의 사상적 공백을 끌어올린 거장(巨匠)으로 불리는 소설가 이청준의 단편 소설. 「건방진 신문팔이」는 1974년 잡지 『한국문학』에 수록되었다. 신문팔이 소년의 생애를 통해 1970년대 언론 탄압의 현실을 담담한 어조로 전달한다.

정보를 나누는 것이 쉽지 않았는지", "소년은 대체 어디로 가 버린 것인지"를 『건방진 신문팔이』를 읽으며 고찰해 본다면 '생각의 지도(地圖)'가 어느새 넓어져 있을 것이다.

2단계 조정래의 「어떤 솔거의 죽음」

솔거(率居)는 『삼국사기』에 등장하는 신라 시대 화가다. 그가 언제 태어나고 죽었는지에 관한 정확한 기록은 없다. 다만, 솔거가 경주 황룡사(皇龍寺) 벽면에 그린 나무가 실제와 너무 닮아서 새들이 벽에 머리를 부딪힌 이야기가 전해 내려온다. 조정래*의 「어떤 솔거의 죽음」은 신라 시대 솔거를 떠오르게 하는 주인공을 등장시켜 1970년대를 은유(隱喩)적으로 표현하는 단편 소설이다.

줄거리는 단순하다. 성주(城主)의 명령을 따르지 않은 솔거가 결국 죽음을 맞이하게 된다. 경쾌한 문체에 시대감이 느껴지는 재미있는 대사가 많아 머뭇거릴 틈 없이 읽을 수 있다. 그러나 그 안에 담긴 메시지는 간단하지 않다. 「어떤 솔거의 죽음」은 산업화의 그늘 속에서 겪게 되는 고독과 좌절의 이야기를 차분하게 드러낸다. 더불어 '쓸모없

---

* 대하소설 『태백산맥』의 작가. 1970년 단편 소설 「누명」으로 작가 활동을 시작했다.

"이제 잘 쓰는 것 맞아요?"

는 것' 또는 '돈이 되지 않는 것'으로 대변되기도 하는 예술의 존재 의의를 고민하게 한다. "솔거가 왜 죽음을 선택했는지", "양심이란 무 엇인지"에 관해 토론하다 보면 「어떤 솔거의 죽음」이 1977년에 발표 될 수밖에 없었던 이유를 자연스럽게 찾을 수 있을 것이다.

3단계 서영은의 「사막을 건너는 법」

서영은은 1976년부터 1980년도까지 잡지 『문학사상』 편집장을 지낸 소설가이다. 그의 대표작인 「사막을 건너는 법」 또한 1975년에 『문학 사상』을 통해 발표되었다. 「사막을 건너는 법」은 2021학년도 수능 국 어 영역 지문으로 출제된 바 있다. 1970년대를 살아가는 주인공의 암울한 내면과 베트남 전쟁이라는 외면적 아픔이 소설 속에 고루 적 혀 있다.

「사막을 건너는 법」은 미술을 공부하던 주인공 '나'가 베트남 전쟁 참 전 이후 고통 속에서 사는 모습을 조명하며 시작된다. 여자 친구 나 미와의 관계도 서먹해지고 세상 모든 것이 '나'에게 짐으로 여겨진다. 그때 '나'는 공터에서 훈장을 찾는 한 노인을 만나게 된다. 그리고 삶 을 살아가며 느끼는 허무를 견디는 법, 인생이라는 사막을 건너는 방법을 다시금 배운다.

정갈한 문체로 이루어진 소설이다 보니 독서에는 어려움이 없지만, '베트남 전쟁'이라는 시대 배경을 알고 소설을 읽으면 더욱 잘 이해되는 지점들이 많다. "주인공이 말하는 '사막'은 대체 어디인지", "누군가의 상처 곁에서 어떤 태도를 지녀야 하는지"를 「사막을 건너는 방법」을 통해 생각해 볼 수 있다.

4단계 윤흥길의 「아홉 켤레의 구두로 남은 사내」

동명의 연작 소설집 『아홉 켤레의 구두로 남은 사내』의 표제작이다. 주인공 권 씨가 소설집에 수록된 단편인 「직선과 곡선」, 「날개 또는 수갑」, 「창백한 중년」에 연이어 등장한다. 산업화 시대의 단상을 다소 날카로운 어조로 짚고 있는 소설이다 보니 읽는 것이 마냥 쉽지는 않다. 그렇기에 2016학년도 수능 국어 B형에 출제되었을 때 많은 수험생을 곤혹스럽게 만들기도 했다. 「아홉 켤레의 구두로 남은 사내」*를 읽은 뒤에도 독서를 향한 불씨가 꺼지지 않는다면 연작 소설에도

---

* 1977년 『창작과비평』 여름호에 발표된 중편 소설. 소설가 윤흥길의 현실 비판적 인식을 들여다볼 수 있는 작품이다.

"이제 잘 쓰는 것 맞아요?"

도전해 볼 만하다.

권 씨는 성남 광주대단지 사건으로 인해 소시민(小市民)*으로 전락한 한 집안의 가장이다. 화자인 '나'는 사람들에게 오 선생이라고 불린다. 권 씨는 오 선생네 셋방에 기거하고 있다. 하루는 권 씨가 오 선생에게 "돈을 빌려 달라"고 청한다. 평소에도 세를 자주 미루는 권 씨이다 보니 오 선생은 부탁을 딱 잘라 거절한다. 이후 권 씨의 인생을 바꾸어 놓을 사건이 펼쳐지게 된다. 사건 끝에 권 씨는 구두 아홉 켤레만을 남긴 채 사라져 버린다. 「아홉 켤레의 구두로 남은 사내」는 1970년대를 관통하는 산업화의 아픔을 고스란히 직면할 수 있는 소설이다. 권 씨의 이야기는 개인의 비극이 아니라 급격한 도시화로 인해 주변부로 밀려난 사람들의 초상을 보여 준다. '구두 아홉 켤레'는 권 씨의 분투이자 고단한 생의 흔적, 그리고 사회에 흡수되지 못한 존재를 상징한다. "한 사람의 인생이 왜 구두로 남을 수밖에 없었는지", "'열심히 일한다'라는 것의 의미는 무엇인지"를 고민하다 보면 고도로 발전된 현대를 이전보다 성숙하게 바라볼 수 있게 될 것이다.

---

* 노동자와 자본가 사이에 속해 있는 '범민(凡民)'을 이르는 말이다. 소상인, 수공업자, 봉급 생활자 등이 '소시민'에 속한다.

엄마의 말

5단계 그리고 남은 작품들

「건방진 신문팔이」에서 시작해 「아홉 켤레의 구두로 남은 사내」까지 차례대로 잘 읽어 왔다면 더는 1970년대 소설을 읽는 일에 두려움을 느낄 필요가 없다. 지금부터는 그 어떤 작품이든 잘 읽을 수 있다. 4편의 작품을 독파하는 동안 '읽기 근육'이 길러졌을 것이기 때문이다. 더욱 단단한 '읽기 근육'을 만들고 싶다면 조세희의 『난장이*가 쏘아올린 작은 공』**이나 이문구의 『관촌수필』***과 같은 연작 소설집에 도전해 보는 것도 좋다. 긴 호흡의 글까지 두어 권 섭렵하게 되면 1970년대는 물론이고 여타 시대의 작품을 읽는 일까지 누워서 간식을 먹는 듯 쉬워질 것이다.

---

* '난장이'는 키가 작은 사람을 낮잡아 이르는 말인 '난쟁이'의 비표준어다. 『난장이가 쏘아올린 작은 공』은 표준어 규정이 만들어지기 전에 쓰인 제목이다 보니 '난장이'로 표기되었다. 작가의 의도를 존중하는 의미에서 현재까지 '난장이' 표기를 그대로 유지 중이다.

** 조세희의 『난장이가 쏘아올린 작은 공』은 1975년부터 1978년 사이에 연재된 단편 소설을 모은 연작 소설집이다. 잡지 『세대』에 수록되었던 「뫼비우스의 띠」부터 차근차근 읽어 나가다 보면 어느새 완독에 이를 수 있다.

*** 충남 보령 관촌마을을 배경으로 쓰인 8편의 중·단편 소설이 모인 소설집이다. 해방 이후부터 1970년대까지의 농촌 생활상을 사실적으로 묘사하고 있다. 소설가 이문구의 자전적 경험이 다수 포함되어 있다.

"이제 잘 쓰는 것 맞아요?"

4장

아이의 말

"선생님, 이번 글은 망했어요"

망한 인생이 없듯, 망한 글도 없다

'이생망'이라는 신조어가 있다. '이생망'은 '흙수저', '헬조선' 다음으로 언론에서 자주 회자되었던 단어이기도 하다. **이**번 **생**은 **망**했다'라는 뜻을 가진 '이생망'은 계급 사회를 비난하는 '흙수저', 한국을 비하하는 '헬조선'에 이어 청년 세대의 사회적 좌절감을 뚜렷하게 보여 준다. 노력으로 돌파할 수 없는 한계의 벽 앞에서 '그럼에도 살아야지'라는 다짐 대신 '어차피 망했으니까'라는 자조적 웃음을 짓는 것이 오히려 낫다는 무력감이 여실히 전해진다.

'이생망'을 통한 자조는 청년 세대를 넘어 아이들에게도 전해졌다. 스마트폰 출현 이후 인터넷 언론, 유튜브, 각종 온라인 커뮤니티

등 어른들이 드나드는 화면 속 세상에 아이들이 똑같이 출입할 수 있게 되었다. 그렇다 보니 아이들에게 '이생망'은 낯선 표현이 아니다. 아이들의 입을 통해 "망했다"라는 말을 수도 없이 듣게 된다. 사회의 문제가 결국 아이들에게까지 전해졌다는 죄책감을 지울 수 없다.

아이들의 '망했다'는 그들이 좌절을 겪을 때, 무언가가 마음에 들지 않을 때, 더는 지속하고 싶지 않은 순간에 직면했을 때 나오는 감탄사와도 같다. 글쓰기 수업 때 "망했다"라는 말이 가장 반복적으로 나오는 때는 자신이 쓴 글이 마음에 들지 않을 때다. 특히 글쓰기에 자신이 없거나 글을 길게 쓰지 못하는 아이들이 주로 '망했다'라는 표현을 쓰고는 한다. '망(亡)하다'라는 단어는 '제 구실을 하지 못하고 끝장이 나다'라는 뜻을 지니고 있다. 더는 재기할 수 없는, 죽음을 목전에 둔 상황에서나 쓰는 단어가 '망하다'인 셈이다. 처음에는 아이들의 '망하다'가 어른들의 말버릇을 그대로 따라 하는 것이거나 단순한 투정이라고 생각했다. 그러나 글쓰기 수업을 지속하면서 아이들의 '망하다'에 나름대로 심각한 이유가 있음을 알게 되었다.

모두가 비슷하게 '망하다'를 이야기하지만 유독 심하게 자신의 글을 비하하는 아이도 있기 마련이다. 목요일 저녁에 수업을 듣는 자두가 그런 아이였다. 자두는 성실한 학생이라고 할 수는 없지만 그렇다고 해서 모난 행동을 하는 학생도 아니었다. 평범하게 수업을 듣고 과제를 수행하는 여타의 아이들과 비슷한 성향을 지닌 학생이 자두였다. 그러나 글쓰기를 할 때만 되면 "망했다. 오늘도 망했어"라는 이야기를 끝도 없이 쏟아냈다. 자두가 글쓰기를 하기 싫은 마음에 습관처럼 뱉는 말로 치부했지만 상황이 여러 번 반복되자 자두와 이야기를 나누지 않을 수 없었다. 자두는 대체로 두세 줄 정도의 글을 쓴 후 "망했다"라고 말하곤 했다. 어떤 때는 한 줄밖에 쓰지 않았는데도 '망했다'는 표현을 쓰기도 했다. 하루는 아이들이 모두 하원한 다음 자두에게 왜 글이 망했다고 생각하는지 진지하게 물었다. 자두는 한참 대답하지 못하다가 "글이 저를 잡아먹을 것 같아요"라고 기어 들어가는 목소리로 말했다. 글이 사람을 잡아먹다니? 자두의 말에 깜짝 놀랄 수밖에 없었다. 자두와 더 이야기를 나누어 보니 글쓰기 자체를 공포로 여기고 있다는 것을 알 수 있었다. 다 쓴 글이 흔히 말해지는 '망작(亡作)'일까 봐, 발표 때 친구들이 비웃을까 봐 겁이 나서 견딜 수가 없다고 자두는 울먹이며 토로했다.

글쓰기 수업은 정적인 수업일 거라는 오해를 받고는 한다. 물론 글을 쓰는 작업 자체는 정적인 것이 맞다. 글쓰기는 타인과 대화를 나누거나 의견을 교류한다고 해서 적히는 게 아니다. 연필을 쥐고 또는 키보드에 손을 올리고 고민을 거듭해야 그 모습이 조금씩 드러난다. 그러나 글쓰기 수업은 글쓰기 작업과 다르다. 글쓰기 수업은 '쓰기'에 더해 '듣기'와 '읽기'를 배우는 곳이다. 선생님의 설명을 듣거나 내 글에 추가하면 좋은 작품이나 예시 자료가 있다면 꼼꼼히 읽어야 한다. 수업의 질이 높다면 작품과 예시 자료로 만들어진 문제가 있을 것이고 아이들은 해당 문제를 풀면서 차후 진행될 글쓰기의 논리를 서서히 정립해 나가게 된다. 그리고 수업 중 얻게 된 힌트를 토대로 글쓰기 작업을 시작한다. 이미 읽기 작업을 통해 생각과 논리가 어느 정도 정돈된 상태이기에 쓰는 시간이 그리 오래 걸리지 않는다. 모든 아이가 작품을 완성하고 나면 글쓰기 수업의 하이라이트인 '합평'이 이루어진다.

합평은 여러 사람이 같은 내용의 글을 읽고 생각을 교류하는 것을 말한다. 아이들은 수업 시간 중에 쓴 글을 친구들 앞에서 낭독한다. 낭독 과정에서 스스로 맞춤법이나 잘못된 문장을 수정할 수 있다. 눈으로 지나칠 때는 보이지 않았던 문제점들이 입을 통해 소리로 발화되면 두드러지게 보이기 때문이다. 수정은 여기서 끝나지 않는다. 글을 들은 다른 아이들이 자기 생각을 조금씩 이야기해 준다. "서론 부분이 조금 어색하게 느껴져", "내가 ○○이라면 그렇게 생각하지 않았을 거야", "세 번째 문단 마지막 문장이 무슨 뜻인지 모르겠어"처럼 글에서 고쳐야 할 부분이 입을 통해 전해진다. 글쓴이는 해당 의견들을 잘 경청한 후 퇴고 과정 때 적용한다.

글쓰기 수업의 하이라이트라고 할 수 있는 합평은 활동적이고 능동적인 학습이다. 상대방의 글을 잘 듣고 해결책을 제시해야 하기에 고도의 집중력을 필요로 한다. 그러다 보니 간혹 "수업의 모든 점이 좋아요. 그런데 합평이 너무 힘들어요. 합평만 빼고 수업을 들을 수는 없을까요?"라는 요청을 듣기도 한다. '그깟 합평 안 해도 괜찮지 않을까?'라는 생각이 들겠지만, 합평을 제외하고 수업을 듣고 싶다는 요청에는 언제나 "그럴 수 없다"라고 대답한다. 물론 피치 못할 사정으로 시간 관계상 혼자 수업을 듣게 되는 경우라면 어쩔 수 없다. 그러나 의도적으로 합평을 피하려 할 때는 정중하게 반려한다. 글쓰기 수업에서 합평을 하는 이유는 글이 지닌 특성 때문이다. 혼자 읽고 혼자 즐겁기 위해 글을 쓰는 사람이 어딘가에 있을 수 있지만 대체로 모든 작가는 다른 사람에게 읽히기 위한 글을 쓴다. 자신의 생각을 정리해 글로 풀어내는 고생을 사서 하는 건 세상 사람들에게 반드시 전해야 할 말이 있기 때문이다. 우리는 늘 타인에게 생각을 전달하며 살아간다. 의사가 논문을 쓰는 건 새로운 치료법을 세인(世人)에게 알리기 위해서이고, 변호사가 변호문을 쓰는 건 판사에게 의뢰인의 억울함을 주장하기 위해서다. 회사원이 보고서를 쓰는 것도 상사, 또는 클라이언트에게 업무와 관련된 의견을 피력하기 위해서라고 볼 수 있다. 글은 '읽혀짐'의 운명을 지닌 채 태어난다. 글쓰기 수업에서 배워야 하는 글은 타인이 봤을 때 술술 읽히는 글이다. 그러므로 합평은 절대 피할 수 없는 숙명과도 같다.

자두는 한 문장을 쓰고 나면 머릿속에 파도처럼 많은 걱정이 찾아온다고 했다. 방금 쓴 문장을 누군가 틀렸다고 지적할 것만 같고,

만약 해당 문장이 맞는 문장이라 할지라도 결국 글을 쓰는 과정에서 틀린 부분이 나올 것 같다고 설명했다. 자두의 자신감 문제로 보일 수 있겠지만 자두 외에도 많은 아이가 '나는 망했어 현상'을 겪는다. 이는 너무 잦은 비난을 받았기 때문에, 또는 비난받은 적이 없기에 비롯되는 일이다. 자두에게 망한 글이라는 건 어디에도 존재하지 않으며 자신의 생각을 솔직하게 밝히는 글은 절대 비난받을 수 없다고 말했다. 만약 수업 중에 누군가가 말도 안 되는 논리로 글을 헐뜯거나 욕한다면 혼쭐을 내겠다는 약속도 했다. 그러나 자두에게 더 강조해서 말했던 건 '비판의 가능성'이다.

정치적인 사안이나 저명한 작가의 글을 읽고 나의 의견을 덧붙여야 할 때, 또는 남들은 모두 '아니'라고 말하는 의견을 토대로 새로운 이야기를 해야 하는 글을 써야 할 때 두려움이 찾아온다. 어떤 문장을 쓰든 글을 읽은 사람에게 창피를 당할 것 같다는 생각이 어려운 주제 앞에서 찾아오는 건 당연하다. 두려움이 찾아올 때, 우리는 '비난'과 '비판'을 구분해서 수용할 수 있는 용기를 되찾아야 한다.

비난(非難)은 '남의 잘못과 결점을 책잡아서 나쁘게 말하는 것'을 이르는 말이다. 근거 없이 타인의 글을 보고 욕을 하는 걸 비난이라고 한다. 예를 들어 누군가 "A의 글은 먹다 버린 탕후루 꼬치 같아요"라는 감상을 내놓았다면 우리는 '비난'을 떠올릴 수 있다. 비난의 말을 뱉은 사람은 비난이 글쓴이에게 오롯이 향할 것이라 생각하겠지만 현실은 반대다. 감상자의 말을 들은 타인은 근거 없는 비난의 말을 한 감상자를 두고 논리가 없는 사람이라는 생각을 할 테니 말이다. 비난의 다른 말은 '원색적인 욕'이다.

그렇다면 비판(批判)은 무엇일까? 비판은 '현상이나 사물의 옳고 그름을 판단해 밝히거나 잘못된 점을 지적하는 것'을 뜻한다. 근거를 들어 잘못된 점을 밝히고 해결책을 제시하는 것을 비판이라 말한다. 비판은 아무 생각 없이 할 수 있는 비난과 달리 고민을 거쳐야만 나온다. 글쓴이의 글이 어떻게 하면 더 나아질 수 있을지 골똘해야 하기에 여러 번 읽는 작업을 거쳐야 한다. 또 해결책을 효과적으로 제시할 방법을 찾아야 하므로 생각을 다듬어야 한다. 자두에게 다른 아이들의 말을 모두 공포로 받아들이기보다는 비난과 비판을 구분해서 누가 도움의 손길을 내밀고 있는지 살피는 것이 중요하다고 말했다. 그리고 타인의 이야기가 두려워 미리 자신의 글을 '망작'으로 여기는 건 좋지 않은 태도라는 것도 덧붙였다.

자기 비하는 '다른 사람이 나를 어떻게 바라볼까?'라는 마음속 질문에서 탄생한다. 내가 잘 소화할 수 있는 작업보다 서툴고 낯선 느낌이 드는 작업을 이행할 때 더 두드러지게 나타나는 듯하다. 맞춤법이나 어순이 다소 엉망이고 생각이 정돈되어 있지 않은 글이 있을 수 있다. 이럴 때는 합평 또는 선생님과의 대화를 통해 글을 고치면 그만이다. 하지만 망한 글은 어디에도 존재하지 않는다. '망했다'라는 건 '필요하지 않으므로 세상에서 자취를 감추게 되었다'는 뜻이기도 하다. 그러나 글 안에 적은 한 사람의 생각과 아이디어는 절대 사라지지 않는다. 글 속에 담은 한 영구히 존재하게 된다. 물리적으로 글을 쓴 종이를 찢더라도 이미 언어의 형태로 잘 정리한 생각이 머릿속에 살아 있기에 절대 '망했다'라고 볼 수 없다.

솔직한 생각은 비판받을 수는 있어도 절대 비난받지 않는다는 것, 그 누구도 나의 생각을 함부로 비난할 수 없다는 점을 인지하게 되면 더는 글쓰기가 두렵지 않게 된다. 더불어 글쓰기 수업에서 왜 합평을 진행하는지, 합평을 통해 타인의 글을 경청하고 의견을 덧붙이는 훈련을 왜 해야 하는지 깨닫게 되면 감상자의 의견이 누군가를 망하게 하기 위한 것이 아님을 알 수 있다. 각자의 인생은 그 사람만의 세계관을 갖기에 아름답다. 그러므로 그 누구의 인생도 망한 인생이라 불릴 수 없다. 세계관이 아름다운 존재인 사람이 쓰는 것이 바로 글이다. 망한 인생이 없으니 당연히 망한 글도 없다.

"선생님, 이번 글은 망했어요"

지우개 없이 글을 쓸 수 있을까?

한국이 낳은 천재 화가의 이름을 거론하라고 했을 때 누구의 입에서 든 빠지지 않고 등장하는 사람이 있다. 붉은 배경에 넘실거리는 근육의 움직임으로 유명한 <황소>의 작가 이중섭이다. 함경북도 정주에 위치한 오산학교에 다닐 때부터 천재 소리를 들었고, 이후 도쿄제국미술학교(帝国美術学校)와 문화학원(文化学院)에서 수학한 지식인이다 보니 이중섭의 일생이 내내 화려했을 것이라 짐작하는 사람이 많다. 화려함이 없지는 않았다. 여러 미술전에서 입상했고 전람회가 열리면 이중섭의 작품이 인기리에 전시되었으니 말이다. 그러나 이중섭에게도 아픔이 있었다.

아이의 말

이중섭은 유학 생활 중에 미술부 후배인 야마모토 마사코(山本方子)를 만나 사랑에 빠진다. 그리고 1945년, 조선이 독립을 몇 달 앞둔 5월에 결혼식을 올리고 아내에게 이남덕(李南德)이라는 한국 이름을 지어 준다. 이남덕은 '남(南)쪽에서 온 덕(德)이 많은 사람'이라는 의미를 지니고 있다. 아내를 향한 이중섭의 사랑이 얼마나 지극했는지가 이름에서 드러난다. 이중섭과 마사코 슬하에는 두 명의 자식[32]이 있었다. 이중섭은 아들들과 함께 종일 소를 관찰하며 스케치를 하는 것을 가장 큰 기쁨으로 여겼다. 그러나 기쁨은 길지 못했다.

1950년, 한국전쟁 발발을 기점으로 이중섭 가족의 행복에 먹구름이 드리운다. 부족하지 않은 가정 환경, 천재 화가라는 명성과 늘 함께했던 이중섭은 전시 상황에 쉽게 적응하지 못했다. 오히려 마사코가 이중섭을 도와 살림을 꾸리고 아이들이 먹을 음식을 구해 오기에 이른다. 결국 찢어지는 가난을 감당하지 못했던 부부는 이별을 택하게 된다. 전쟁 중에 마사코와 아들들의 건강이 크게 나빠지기도 했고 마사코의 아버지, 즉 이중섭의 장인이 작고하며 남긴 유산이 일본 땅에 남아 있었다. "이중섭도 같이 일본에 갔으면 될 일 아니

---

32 원래 슬하에 세 명의 아이가 있었으나 이름이 알려지지 않은 장남이 1946년에 태어나 얼마 살지 못하고 요절했다. 이후 1947년에 차남 이태현, 1949년에 삼남 이태성이 태어난다.

야?" 싶겠지만 해방 이후 한일 양국의 교류가 끊어지다시피 한 상황이라 이중섭은 가족과 동행할 수 없었다. 그렇게 이중섭 가족의 길고 긴 이별이 시작된다.

'천재 화가'라는 이름도 가족을 잃은 슬픔 앞에서는 큰 위로가 되지 않았다. 이중섭은 가족을 위해 그림보다 경제적 활동을 우선시했다. 돈이 되는 일이라면 막노동도 불사했다. 이때 이중섭의 명작 시리즈 중 하나로 일컬어지는 '껌 종이 그림'이 여럿 탄생한다. 예나 지금이나 예체능을 하는 데에는 적지 않은 돈이 든다. 특히 이중섭 같은 전문 예술가의 경우 캔버스, 물감 등 각종 부재료를 사는 값만 천정부지(天井不知)였을 것이다. 이중섭은 가족들을 위해 종이를 사는 돈마저 아꼈다. 그러나 예술을 향한 마음마저 아낄 수는 없었기에 껌 종이에 예술혼을 담아내기로 한다. 이중섭은 껌을 감싸고 있던 은박지 종이를 버리지 않고 잘 간직해 두었다가 그 위에 손톱으로, 또는 뭉툭한 연필 끝으로 그림을 그렸다. 때로는 담뱃갑 안쪽의 은박지[33]를 활용하기도 했다.

껌 종이, 이른바 은박지 그림은 별것 아닌 것처럼 보일 수 있겠지만 실은 엄청난 내공이 필요한 그림이다. 은박지에 한 번 구김이 가

---

33 국립현대미술관 홈페이지에 들어가면 이중섭이 그린 다양한 은지화를 감상할 수 있다.

아이의 말

면 절대 돌이킬 수 없다. 구겨진 종이를 다시 편다고 해서 원래의 깨끗한 종이가 되지 않듯 말이다. 은박지 위에 손톱이나 연필을 얹을 때 신중해야 하는 이유다. 은박지는 또 일반 종이나 캔버스와 달리 면적이 넓지 않다. 그림을 그리기 전에 전체적인 구도와 주제를 대략 생각해 두어야 한다. 손바닥보다 작은 크기의 껌 종이 위에 그림을 그리며 이중섭은 어떤 생각을 했을까? 그림을 절대 망치지 말아야겠다는 생각? 혹시나 망치면 다음 껌 종이를 꺼내야겠다는 생각? 이중섭의 생각을 들어 본 적은 없지만 망치지 말아야겠다거나 다음 껌 종이를 꺼내야겠다는 생각을 하지는 않았을 것이다. 아마 이중섭은 어떻게 되었든 혼을 담은 그림 한 장을 완성해야겠다는 일념뿐이지 않았을까?

수업 중에 아이들이 글을 쓰는 모습을 가만히 보고 있으면 미소가 절로 나온다. 어떻게든 글을 써 보려고 고군분투하는 모습이 예뻐 보일 수밖에 없다. 엇비슷한 아이들 중 시선을 한눈에 사로잡는 아이가 반마다 한 명씩 있다. 시선을 잡은 아이는 얼굴이 복숭아처럼 귀여운 아이도, 유독 글을 잘 쓰는 아이도 아니다. 글을 조금 쓰다가 지우개로 다 지워 버리거나 수정 테이프로 덧칠하는 아이다.

지우개나 수정 테이프로 글을 지워 버린다는 건 '무언가 잘못됐다'라는 생각이 들었기 때문이다. 한국의 교육 제도는 대학수학능력시험이라는 커다란 과제를 향해 달려가는 형태로 이루어져 있기에

"선생님, 이번 글은 망했어요"

오답에 굉장히 박하다. 그렇다 보니 아이들은 오답에 가까운 무언가가 만들어졌다는 생각이 들 때 쉽게 지우개를 꺼내 든다. 지우개는 아이들에게 마법에 가까운 물건일 것이다. 잘못 쓴 무엇이든 지우개가 '쓱싹' 스치기만 하면 그 누구에게도 들키지 않을 백지가 만들어지니 말이다. 언젠가 한 친구에게 "지우개로 안 지우면 안 되는 걸까?"라고 질문했더니 "틀리는 것보다 백지인 게 나아요"라는 대답이 돌아왔다. 아이들은 오답을 쓰느니 생각을 밝히지 않는 편을 원한다. 그들에게는 마음속 깊은 곳에 자리한 오답이 무시무시한 악마처럼, 혹은 여름날의 오싹한 귀신처럼 여겨질지도 모를 일이다. 교육 제도의 폐해라는 이야기를 하기에 앞서 어른들이 아이들의 오답을 예쁘게 어루만져 준 적이 있었는지 반성해 본다.

지우개를 좋아하는 친구들에게 이중섭의 껌 종이 그림 이야기를 해 준다. 껌 종이에 그림을 그릴 수밖에 없었던 천재 화가의 슬픈 이야기를 듣고 나면 아이들은 "천재니까 가능했던 게 아닐까요?"라며 도리어 질문을 쏟아낸다. 물론 이중섭은 천재 화가가 맞다. 당연히 다른 사람에 비해 실수 없이 일필휘지(一筆揮之)의 그림을 그려 냈을 것이다. 그러나 이중섭도 인간이다. 실수가 아예 없었을 것이라 단정할 수는 없는 노릇이다. 지우개도, 수정 테이프도 없었던 이중섭은 껌 종이 그림을 그리다가 실수했을 때 어떤 방식으로 만회했을까? 이중섭은 자신의 실수를 '실수'라고 받아들이는 대신 잘못 그어진 선

아이의 말

을 기회 삼아 이전과는 다른 새로운 그림을 떠올렸을 것이다. 그리고 그 위에 상상력을 더해 언제나처럼 이중섭다운 껌 종이 그림을 완성했을 게 분명하다.

아이들에게 지우개를 쓰지 말라는 이야기를 자주 한다. 문제를 풀다 실수했을 경우 원래 쓴 답 아래에 새로운 답을 쓰면 되고, 글을 쓰다 실수가 나왔다면 새로운 문단을 다시 시작해 버리거나 실수가 나온 그대로 글을 쓰면 그만이라고 설명한다. 다른 사람이 오답을 볼 수도 있고 교재도 깔끔하게 쓰지 못하는데 어떻게 그럴 수 있느냐는 반문이 돌아온다. 세상 모든 일들이 마찬가지겠지만 특히 글은 첫 시도에 완벽하게 쓸 수 없다. 여러 번의 퇴고 작업을 거치고 나서야 진정한 한 편의 글이 나온다. 퇴고의 밑바탕은 초고다. 그러므로 초고에는 최대한 많은 생각을 담는 게 중요하다. 쓸모없어 보이고 잘못되어 보이는 초고라 할지라도 잘 간직해 두면 퇴고 때 요긴하게 쓰인다. 그런데 그런 중요한 조각들을 지우개로 지워 버리면 다시는 되돌릴 수 없다. 당장은 오답으로 보일지라도 미래에는 그 오답이 '보석'이 될 수 있다.

마음 가는 대로 쓴 초고가 정답으로 가는 중요한 열쇠가 된다는 말은 여러 유명 작가의 자서전에 반드시 들어 있는 이야기이기도 하다. 소설가이자 시인, 영화감독 그리고 작곡가이기도 한 미국의 거장 줄리아 캐머런(Julia Cameron)은 그의 저서 『아티스트 웨이(The

"선생님, 이번 글은 망했어요"

Artist's Way)』에서 초고가 어떻게 보석으로 변모하는지 자세히 설명한다. 『아티스트 웨이』는 '나를 위한 12주간의 창조성 워크숍'[34]이라는 부제를 지니고 있다. 12주간 『아티스트 웨이』에서 요구하는 과제를 성실히 수행하면서 내면에 잠자고 있던 창조성을 발굴하는 것이 목적이다. 줄리아 캐머런은 창조성을 발굴할 수 있는 가장 좋은 방법이 '모닝 페이지(Morning Page)'라고 설명한다. '모닝 페이지'는 말 그대로 '아침'에 쓰는 '쪽지'이다. 창조성을 찾기 위한 모닝 페이지는 아침에 일어나 바로 책상 앞에 앉는 것에서부터 시작된다. 컴퓨터로 그날의 뉴스나 날씨를 찾아보기도 전에, 휴대폰으로 여러 사람의 메시지를 확인하기도 전에 글부터 쓴다. 매일 아침, 하루에 딱 세 페이지씩 마음이 가는 대로 낙서를 하든 그림을 그리든 종이를 채우다 보면 100일이 지나기 전에 그 진가가 드러난다. 내가 진정 꿈꾸는 바가 무엇인지, 나의 이상향이 어떤 것인지가 종이 속에 나타난다는 게 줄리아 캐머런의 말이다.

줄리아 캐머런의 말처럼 모닝 페이지를 쓴 모두가 꿈을 이루었는지, 또는 창조성의 비밀을 찾았는지는 알 수 없다. 그러나 "초고 속에서 누군가가 '꿈'과 '이상향'이라는 조각을 찾았더라"라는 말 자체가 중요하다. 아침에 일어나 글을 썼을 때, 그 글이 제대로 된 글일 확률

---

34 줄리아 캐머런(임지호 역), 『아티스트 웨이』 경당, 2012.

이 몇 퍼센트나 될까? 비몽사몽간에 엉망으로 글을 써 두었거나 간밤의 꿈을 키워드로 늘어놓은 게 전부일 수 있다. 그러나 그 별 볼일 없는 단어와 문장 속에 거대한 글의 씨앗이 숨어 있다.

퇴고가 있으니 얼마든지 오답을 적어도 좋다고, 그리고 사실 '글'이라는 것 인에 오답이란 없다고 아이들에게 강조한다. 이중섭의 껌종이 이야기를 들은 아이들은 '진짜 지우개 없이 글이 써지나?'라는 마음을 안고 글을 써 본다. 그러다 보면 자신도 모르게 글이 길어진다. 틀렸다는 생각을 하지 않으니 단어가 이끄는 대로 연필이 가는 대로 글을 쓰는 일이 가능해지는 것이다. 물론 연필이 가는 대로 쓰는 것이기에 글이 전보다 길어졌을지는 몰라도 어딘가 엉성한 부분이 군데군데 있다. 이때 급한 마음에 "그래도 이건 지워야 하지 않겠어?"라는 이야기를 아이에게 하게 되면 아이는 다시 '오답의 세계'에 갇히게 된다.

모든 것이 완벽할 수는 없다. 누구든 불완전한 상태로 어떠한 일에 도전하게 된다. 글쓰기 역시 마찬가지다. 어떤 글이 완성될지 알지 못하는 채로 우리는 글을 쓴다. 그저 글의 정체를 어렴풋이 짐작만 할 수 있을 뿐이다. 그러나 글을 쓰는 동안 서서히 그 짐작을 구체화시킬 수 있다. 이때 지우개를 쓰면, 아이에게 오답의 세계로 돌아가라고 다그치면 어떻게 될까? 글은 영영 정체를 감추어 버리고 만다. 글이 정체를 감추지 않도록, 글을 쓰는 도중 길을 잃었더라도 초

"선생님, 이번 글은 망했어요"

고의 반짝임이 글의 정체를 비출 수 있도록 지우개를 버려야 한다. 이중섭 역시 껌 종이 그림을 쓰레기통에 버리지 않고 고이 간직했다. 언젠가 껌 종이의 반짝임이 세상에 퍼질 것임을 알고 있기라도 했듯 말이다.

아이의 말

글을 어루만지자 눈물이 떨어졌다

글쓰기 수업을 하다 보면 다양한 아이들을 만나게 된다. 그리고 예상치 못한 상황과도 종종 마주친다. 이는 '글쓰기'라고 하는 양식의 특성이 수업에 묻어나기 때문이다. 기본적으로 글쓰기는 자유롭다. 다른 과목과 달리 정답이 없다. 글쓰기와 가장 가까운 과목인 국어는 성격상 독서 및 논술 활동과 깊게 관련되므로 학생들이 종종 '정답이 없다'라고 생각할 수도 있다. 책을 읽은 뒤 감상을 나누는 활동이 자유롭다는 뜻일 뿐인데 말이다. 문제 풀이의 단계로 넘어가게 되면 여러 연구를 거치며 만들어진 정형화된 정답이 존재하기에 글쓰기의 자유로움과는 차이가 있다. 완벽하지는 않더라도 본인만의

"선생님, 이번 글은 망했어요"

세계 안에서 완전한 자유를 누릴 수 있는 글쓰기는 아이들의 자기표현 수단이다. 자기표현을 하는 과정에서 미처 분출하지 못한 감정을 글쓰기를 통해 정리하기도 한다.

감정을 정리하는 글쓰기를 할 때 아이들은 자신만의 독특한 이야기를 풀어내고는 한다. 도저히 남들 앞에서 자기소개를 할 수 없어 화장실로 도망쳤던 이야기, 엄마가 '몇 대나 맞을 거야?'라고 물었을 때 엉엉 울면서 "0대요"라고 대답했던 이야기 등 어른들은 상상할 수도 없는 일화가 글 속에 펼쳐진다. 그중 채하의 이야기는 단연 특별했다.

어느 날, 채하가 「물통과 이천 원」이라는 제목의 글을 썼다. 단순해 보이는 제목과 달리 그 안에는 깊은 속내가 담겨 있었다. 글 속에서 채하는 자신이 마주한 세상의 모습과 함께 그 속에서 느끼는 작은 불편함들을 솔직하게 표현했다. "엄마와 아빠가 심하게 다투었다"라는 첫 문장으로 글은 시작된다. 늘 그렇듯 엄마와 아빠의 일상적인 다툼일 뿐이라는 것을 채하는 알고 있다. 그러나 마음속에서 '너는 견딜 수 없어!'라는 악마의 목소리가 들린다. 채하는 그 길로 집을 나와 무작정 걷는다. 초등학생이 '무작정 걷는다'고 하더라도 갈 곳은 마땅치 않다. 채하의 발걸음은 학교로 향한다. 어스름한 시각의 텅 빈 학교. 아무도 남아 있지 않을 것이라 생각했던 교실로 올라갔을 때 채하는 담임 선생님을 만난다. 담임 선생님은 심하게 울

아이의 말

어 얼굴이 발갛게 된 채하에게 "탈수가 오겠구나"라고 다정히 말씀하시고는 생수 한 통을 건넨다. 아무것도 묻지 않는 담임 선생님 곁에서 채하는 얼마간 조용히 있는다. 그러고는 다시 집으로 가기 위해 중앙 계단을 지나고 운동장으로 향한다. 교문이 가까워졌을 무렵 뒤에서 "채하야!"라고 소리치는 담임 선생님의 목소리가 들린다. 담임 선생님은 채하에게 이천 원을 건네며 "간식이라도 사 먹고 들어가. 그래야 힘이 난다"라고 말씀하신다. 채하는 한 손에는 물통을 다른 손에는 이천 원을 들고 집으로 걸어간다. 집에서 나올 때 흘렸던 눈물과는 다른 눈물이 채하의 눈에서 뚝뚝 떨어진다. 「물통과 이천원」은 이렇게 마무리된다.

부모님이 왜 다투게 되었는지, 평소 채하는 어떤 기분이었는지 등 더 자세한 서술이 있지만 생략했다. 그러나 담임 선생님을 만난 일화만으로도 채하의 마음이 여실히 느껴진다. 채하의 글은 어른들이 잊고 지냈던 어린이의 세상을 다시금 떠올리게 한다. 그러면서도 돌덩이처럼 무거운 메시지를 남긴다. 솔직한 글을 마주하면 마음이 크게 요동치게 되는데 채하의 글을 읽고 딱 그랬다.

솔직한 글은 타인의 마음을 흔들어 놓는다. 채하는 글 속에 '부모님의 다툼', '악마의 속삭임', '세상에서 사라져 버리고 싶은 마음' 등 어른들이 어린이에게서 발견하고 싶어 하지 않는, 없는 것처럼 여기고자 하는 진실을 꺼내 보여 준다. 비단 채하만 글 속에 어른들이

　　　　　"선생님, 이번 글은 망했어요"

숨기고자 노력하는 내용을 쓰는 것은 아니다. 그런 아이들이 꽤 많다. 글쓰기 수업에서 '진실'을 쓴 후 집으로 돌아간 아이들의 학부모님께는 꼭 전화가 오곤 한다. "선생님, 아이가 솔직한 글을 쓰는 건 좋지만 조금 더 정돈된 내용을 쓸 수 있도록 지도해 주세요(또는 '글을 고쳐 주세요'). 글의 구성을 잘 잡는 법을 더 신경 써서 가르쳐 주세요"라는 내용이 담긴 산뜻한 통화다. 부모님께 강사로서 "네, 알겠습니다. ○○이가 더 성장할 수 있는 수업 만들어 보겠습니다"라고 대답한다. 그러나 선생님으로서는 안타깝고 슬픈 마음이 든다.

숨기고 싶은 진실을 이야기하는 글은 '악당'으로 취급받는다. 아이가 진실을 이야기할 때 더욱 그런 듯하다. 악당은 자신이 처한 상황과 살아가는 시대를 투영하는 거울의 역할을 하는 인물이다. 악당들의 말과 행동은 특정한 때의 모순과 문제를 적나라하게 보여 준다. 악당이 언젠간 해결될 문제를 일부러 헤집는 것이라 보는 사람도 있을 것이다. 그러나 악당은 해당 문제를 직시하면서 자신을 끊임없이 재배치하고 재해석한다. 어둠이 있어야 빛이 있는 것처럼 악당의 글을 쓸 줄 아는 사람이 선인(善人)의 글도 잘 쓸 수 있다. 채하의 글은 세상의 불편한 진실을 담아낸 '악당의 글'이었다.

반 아이들이 모두 하원한 다음 조용히 채하를 불렀다. 그리고 "글 잘 읽었다"라고 말한 뒤 채하를 꼭 안아 주었다. 채하는 훌쩍거리며 아기처럼 울었다. 채하에게 「물통과 이천 원」을 잘 고쳐서 대회에 내보내면 좋겠다고 말했다. 채하는 엄마가 글을 읽게 될 것 같아 무섭다고 대답했다.

"엄마가 글을 읽는 게 왜 무서울까?"
"나쁜 글을 썼다고 엄마가 저를 미워하실 것 같아요."
"엄마께서 채하의 솔직함을 미워하실까?"
"……아니요. 잘 고쳐서 출품해 볼래요."

약 일주일 정도 채하와 함께 글을 고쳤다. 그리고 「물통과 이천 원」은 대회에 출품되었다. '저 정도 필력이면 당선되지 않았을까?' 싶겠지만 채하의 글은 낙선했다. 아마 심사위원이 보기에도 채하의 글이 '악당의 글'처럼 보여서였을 것이다. 채하에게 낙선 소식을 알렸을 때 잠시 실망의 빛이 얼굴에 스치는 것을 볼 수 있었다. 그러나 채하는 "상을 받으려면 어떻게 써야 해요?"라고 씩씩하게 물었다.

채하는 「물통과 이천 원」을 통해 자신의 감정을 표현하는 일을 즐기게 되었다. 채하에게 글쓰기는 단순히 어떤 성과를 이루기 위한 도구의 차원을 넘어서 자신을 드러내고 정리하는 소중한 과정으로 자리 잡은 듯했다. 채하가 자신만의 방식으로 글쓰기를 한다는 것을 깨달았을 때 '더는 가르칠 것이 없겠구나' 싶은 마음이 들었다. 빛나는 가치를 발견한 사람에게는 스승이 필요 없다. 스스로 묵묵히 그

"선생님, 이번 글은 망했어요"

길을 나아가면 그뿐이다. 이후에도 채하는 꾸준히 글을 썼다. 그리고 날이 갈수록 글은 점점 더 깊이를 더해갔다.

　"우리 아이는 '진실'을 쓰는 것도 아니에요. 폭력적인 내용, 말도 안 되는 내용이 글 속에 있어요"라고 말하고픈 분들도 있을 것이다. 그러나 그 또한 어른의 시선으로 아이의 세상을 보았기에 '말도 안 된다'는 표현을 쓰게 되는 것이다. 진실(眞實)은 '거짓이 없는 사실'이라는 뜻이다. "대체 진실이 뭡니까?"라는 질문을 들으면 대답하기가 참 힘들다. 왜 대답이 힘들까? 어른들은 진실이라는 게 생각보다 아름답지 않다는 걸 알고 있는 사람들이다. 그렇다 보니 자신도 모르게 대답을 유보하게 된다. '아름다운 진실'을 만들어 나가지 못한 죄책감 때문일 수도 있고, 진실의 맨얼굴을 인정하고 싶지 않아서일 수도 있겠다. 여러 이유로 대답을 유보하게 된 어른들은 아이들에게도 '진실'을 함구해야 할 것을 은연중에 강요하게 된다. 그렇게 아이들은 '악당의 글'을 쓰지 못하게 되거나 몰래 '악당의 글'을 쓰는 쪽으로 발전하게 된다.

　「물통과 이천 원」은 누군가에게 '악당의 글'이었을 것이다. 그러나 공감하고 이해하는 순간 악당은 달라진다. 스스로 재평가의 시간을 가진다. 그런 다음 깨닫고 성장한다. 어른들이 숨기고픈 진실을 쓰는 아이들의 글은 '고쳐야 할 것'이 아니라 '공감해야 할 것'이다. 공감을 통해 악당은 진화한다. 아이가 글 속에 살인 사건을 다루거나 누

　　　　　　　　　　　　　　　아이의 말

군가가 미워 죽겠다는 이야기를 써도 괜찮다. 게임 중독자에 대한 이야기, 가출을 하고 싶다는 이야기, 심지어는 "나에게 공부만 시키는 엄마를 블랙홀로 밀어 버리고 싶어"라는 말을 써도 괜찮다. 작은 공감을 통해 악당들은 감정을 다시 조립하고 또 다른 글을 쓰게 된다. 공감이 있다면 '나에게 공부만 시키는 엄마를 블랙홀로 밀어 버리고 싶어'라는 문장이 "엄마도 24시간 책상 의자에 앉아 있으면 어떨까"로 변한다. 여기서 더 나아가면 "그럼 엄마도 정말 힘들겠지? 나처럼 게임을 하게 될지도 몰라"로 발전한다. 종국에는 "사실 엄마와 하루만 재미있게 놀고 싶어"라는 문장이 완성된다. 어른들이 억압하려고 했던 '악당들'은 누구였을까. 그들은 사실 진실을 지닌 선인들이 아니었을까?

"선생님, 이번 글은 망했어요"

퇴고를 놀이처럼

퇴고는 글쓰기에서 빼놓을 수 없는 과정이다. 글을 처음 쓸 때는 감정과 생각이 파도처럼 마음속에 밀려든다. 그래서 문장을 쓰는 일이 한층 더 즐겁게 느껴진다. 즐거움 속에서 쓰인 글이 완벽하다면 더할 나위 없겠지만 대체로 그렇지 않다. 초고는 사포처럼 거칠고 불완전하다. 그러나 퇴고를 시작하기 전에는 큰 결심이 필요하다. 퇴고가 어려운 작업이라서 큰 결심이 필요한 게 아니다. 퇴고는 귀찮고 지지부진한 과정이다. 내가 쓴 글을 다시 읽은 후, 자신의 부족함을 체감하며 비어 있는 논리를 채워야 하기에 지지부진하다. 또한 글을 한번 탈고하고 나면 "끝났다!"라는 생각이 들기 마련이다. 그런데 퇴고를 위해 다시 글을 잡으려 하면 '이걸 또 읽어? 귀찮은걸'이라는 생각이 자연스럽게 따라온다. 어른에게도 귀찮고 지루한 과정인 퇴고가 아이들에게 즐거울 리 없다. 그러나 '즐겁지 않다'라는 감정에 휩싸여 퇴고를 무시할 수는 없다. 퇴고는 단순히 글을 고치는 일이 아니라 글의 본질을 더욱 명확히 하고 글 자체가 독자에게 더 잘 전달되도록 다듬는 작업이다. 원석이 수만 번 깎인 다음에야 다이아몬드가 되는 것처럼 퇴고 역시 글을 초고와는 완전히 다른 모습으로 바꾸어 준다.

가장 빠르고 효과적인 퇴고 방법은 글을 쓴 직후 바로 고치는 것이다. "글을 쓰고 바로 고친다고? 시간차도 없이?"라는 생각이 들겠지만 '바로 고치기'는 바쁜 현대 사회를 살아가는 사람들에게 정석과도 같은 방법이다. 세기말을 지나 2000년대로 들어서면서 인간의 삶은 총 두 번 빨라졌다. 한 번은 컴퓨터가 등장한 이후이고, 다른 한 번은 스마트폰의 출현 이후다. 길거리를 걸으면서 또는 해외를 떠돌면서, 어디서든 일할 수 있게 된 인류는 이동 시간이나 수면에 구애받지 않고 빠르게 업무를 처리할 수 있게 되었다. 모든 게 눈 깜짝할 사이에 이루어진다는 점은 환영할 일이지만 줄어든 휴식 시간만큼 삶의 모습이 팍팍해졌다. 아이들의 삶이라고 해서 다르지 않다. 시시각각 새로운 교육 제도가 생겨나고 몇 번씩 교과서와 문제집이 개정된다. 또래 사이의 유행도 빨라서 어제는 '슬릭 백 챌린지'[35]가 유행

　　　　　　"선생님, 이번 글은 망했어요"

했다면 오늘은 '퉁퉁퉁 사후르'[36]가 유행하는 식이다. 꼭 필요한 교육 정보를 따라가고 또래 문화를 이해하기에도 하루는 짧기만 하다. 짧은 하루의 틈을 비집고 과연 글을 퇴고할 시간을 낼 수 있을까? 글을 쓰는 일을 업으로 하는 사람이라면 몰라도 일반 학생들이 '퇴고만 하는 또 다른 시간'을 만드는 것은 불가능에 가깝다. 글을 쓴 직후 최대한 바로 퇴고에 나서는 것이 시간을 줄이는 또 다른 지름길이다.

글을 쓴 직후 퇴고하게 되면 글의 전체적인 맥락과 흐름이 머릿속에 선명하게 남아 있기에 문장을 다듬고 의미적 오류를 수정하는 데 효율적이다. 문제는 방금 쓴 글이기에 글이 객관적으로 읽히지 않는다는 데 있다. 이때 '소리 내어 읽기' 방법을 사용할 수 있다. 쓴 글을 소리 내어 읽게 되면 글의 리듬과 흐름을 자연스럽게 느낄 수 있다. 낭독 중에 '턱' 하고 막히는 부분이 발생한다면 세심하게 해당 문장을 살펴야 한다. 어색한 표현이 숨어 있거나 주어와 서술어가 잘

---

35 외국인 틱톡커를 필두로 유행하기 시작한 틱톡 챌린지의 한 종류다. 해외에서는 주비 슬라이드(Jubi Slide)라 불리지만 국내에서는 중학생 이효철의 '공중 부양 춤'으로 처음 알려졌다. 옆으로 미끄러지듯 걸으며 춤을 추는 것을 '슬릭 백(Slick Back)'이라 칭한다.
36 AI로 생성된 동물 또는 사물의 합성체 이미지에 이탈리아어에서 파생된 이름을 덧붙인 밈(Meme)의 한 종류다. '퉁퉁퉁 사후르(Tung Tung Tung Sahur)'는 이탈리안 브레인롯(Italian Brainrot) 캐릭터 하나로 중 야구 방망이를 들고 있는 갈색 나무토막의 모습을 하고 있다.

아이의 말

들어맞지 않는 문제 사항이 발견될 가능성이 크다.

대화로 서사를 이끌어가는 때가 많은 소설가나 극작가들이 소리 내어 읽는 방식의 퇴고법을 선택하고는 한다. 소리 내어 글을 읽으면 감정적인 문장을 차분하게 만들거나 너무 냉소적인 문장에 숨을 불어넣기가 쉽다. 문장을 짧게 자르고 불필요한 수식어를 제거해 글의 흐름이 자연스러워지면 독자들이 편하게 읽을 수 있는 '좋은 글'이 탄생한다.

퇴고 시간을 안정적으로 확보할 수 있다면 시간을 두고 글을 고쳐 보는 것도 좋은 선택이 될 수 있다. 글을 쓴 후 며칠이 지나면 처음 글을 쓸 때의 감정에서 벗어나게 된다. 감정에서 벗어난다는 건 보다 객관적인 눈으로 내 글을 판단할 수 있게 되었다는 뜻이다. '객관의 눈'을 장착한 상태로 글을 읽으면 한동안 보지 않았던 사진첩을 넘기는 것처럼 어딘가 어색한 부분들이 눈에 들어오기 시작한다. 이때 작은 어색함의 실마리를 따라 글의 구조나 논리적 흐름을 검토하면서 전체적인 완성도를 높일 수 있다. 다만 글을 쓴 후 바로 고칠 때보다 기억력이 떨어진 상태이기에 글에 익숙해질 때까지 다소 시간이 걸릴 수 있다.

글은 곧잘 쓰지만 퇴고를 굉장히 귀찮아하는 마리라는 친구와 수업한 적이 있다. 마리는 글을 쓰고 나서 짧게는 3일, 길게는 일주일의 시간이 지난 후에야 글을 고치는 친구였다. 이 때문에 같은 반 친

"선생님, 이번 글은 망했어요"

구들과 함께 진행해야 하는 합평 피드백이 한 주씩 밀리게 되는 터라 초반에는 갈등을 겪었다. 그러나 마리의 작업을 존중하는 의미에서 매주 글쓰기 수업 시작 10분 전쯤 학원에 와서 따로 피드백을 주고받기로 약속했다. 마리는 글을 쓴 직후에 바로 초고를 읽으면 무언가를 더 써야 할 것만 같은 생각이 들어서 머릿속이 뒤죽박죽 엉켜버린다고 했다. 그러나 시간을 둔 다음 글을 읽게 되면 '더 써야 할 곳'이 보이는 게 아니라 '고쳐야 할 곳'이 보인다고 이야기했다. 마리처럼 상상력이 풍부한 친구들의 경우 글을 쓴 직후 초고를 읽게 되면 상상이 꼬리에 꼬리를 물고 더 지속되는 경우가 있다. 이럴 때는 조금 귀찮을 수는 있지만 시간을 두고 퇴고를 진행하는 게 좋다. 시간이 조금 지난 후에 글을 다시 읽어 보면서 불필요한 부분을 삭제하고 논리가 맞지 않는 부분을 수정해도 늦지 않다. 오히려 쌓인 시간만큼 독자에게 깊은 인상을 남기는 견고한 글이 나올 것이다.

가끔 퇴고를 다 끝냈는데도 어딘가 빠진 것만 같은 느낌이 들 때가 있다. 이때는 글 속에 '출처'를 제대로 표시했는지 확인해야 한다. 글을 쓰면서 다른 사람의 작품이나 문장을 인용 또는 참고했다면 반드시 출처를 밝혀야 한다. 글쓰기가 어느 정도 단계에 접어든 친구들에게는 참고 문헌을 작성하는 방법을 가르쳐 준다. 글쓰기가 무르익어 타인의 작품을 내 글에 가져올 수 있는 수준이 되었을 때는 그것을 잘 밝히는 방법도 함께 전수해야 글을 더욱 성장시킬 수 있다.

아이의 말

참고 문헌을 적는 방법을 가르쳐 줄 때면 "스스로 글을 쓰지 않은 느낌이 들어서 출처를 밝히는 게 부끄러워요"라고 말하는 친구들이 있다. 출처를 밝히는 것은 부끄러운 일이 아니다. 오히려 글을 쓰면서 얼마나 깊이 연구하고 고민했는지를 보여 주는 좋은 공부의 흔적이 출처다. 참고 문헌이 길다는 건 한 편의 글을 쓰기 위한 노력이 매우 컸다는 방증이 된다. 물론 알맹이 없이 출처만 길어진다면 문제가 되겠지만 글 속에 모든 참고 문헌이 제자리를 잘 차지하고 있다면 얼마든지 참고 문헌을 작성해도 괜찮다.

글을 본격적으로 쓰기 시작할 때, 참고 문헌 작성의 필요성을 잘 배워 두고 습관을 들이는 게 중요하다. 일찍 출처 표기의 중요성을 습득하게 되면 글을 쓰기 전에 나에게 필요한 자료를 찾고 그것을 적재적소에 밝히는 일이 스스럼 없어진다. 이는 글을 쓰는 힘이 된다. 자료를 찾고 그것을 밝히는 일이 부담스럽지 않으면 더 많은 자료를 참고해 내용이 풍성한 글을 쓸 수 있다. 출처를 다는 일은 때로 퇴고만큼 귀찮은 작업으로 치부되기도 한다. 그러나 글의 신뢰성을 높이는 데에는 출처 작성만 한 것이 없다.

퇴고와 출처 작성이 중요한 작업인 것은 알겠지만, 도저히 아이에게 시킬 엄두가 나지 않는 학부모님이 많으리라 본다. 당연히 어른에게 지식을 전달하듯 퇴고와 출처 작성을 아이에게 심어 주려 하면 안 된다. 아이는 "이 지루한 작업은 뭐야? 사라져!"라며 전수하는

"선생님, 이번 글은 망했어요"

지식을 모두 튕겨낼 것이다. 퇴고가 놀이처럼 여겨질 수 있도록 해야
한다. 퇴고가 놀이가 되려면 글을 다듬는 과정이 즐거운 일처럼, 마
치 게임처럼 느껴지도록 하는 게 중요하다.

글쓰기 수업에서 자주 활용하는 방법 중 하나는 '글쓰기 젠가'
다. '글쓰기 젠가'는 아직 글쓰기에 흥미를 느끼지 못했거나 막 재미
를 붙이기 시작한 아이들을 대상으로 진행하는 '퇴고 놀이'다. 영국
의 보드게임 디자이너 레슬리 스코트(Leslie Scott)가 고안해 1983년
출시된 젠가(Jenga)는 54개의 직육면체 블록을 사용한다. 한 층에
나무 블록을 3개씩 엇갈리게 해 18층으로 쌓아 둔다. 이후 게임 참
여자들이 차례대로 돌아가며 블록을 하나씩 빼내어 맨 위층에 올린
다. 이때 블록을 제대로 빼지 못하거나 쌓는 도중 탑을 무너뜨리게
되면 패배한다. '글쓰기 젠가'는 실제 젠가에서 나무 블록을 빼는 것
처럼 반 친구들의 글을 읽고 어색한 문장이나 잘못된 맞춤법, 띄어
쓰기 등을 하나씩 수정하는 게임이다. 54개의 나무 블록보다 더 많
은(때로는 적은) 수의 오류가 숨어 있기에 게임을 진행할 때마다 아
이들은 새로움을 느낀다. 패배하지 않기 위해 눈을 크게 뜨고 친구
의 글을 수정하다 보면 자신도 모르게 퇴고하는 방법을 습득하기
마련이다. 실제로 '글쓰기 젠가' 게임을 매주 진행하면 안 되느냐는
이야기를 종종 듣는다.

'글쓰기 젠가'가 한 번의 놀이로만 끝나지 않기 위해서는 일상에

서도 꾸준히 글을 다듬는 연습을 해야 한다. '글쓰기 젠가' 수업을 들은 아이들에게는 반드시 퇴고를 진행해야만 피드백을 받을 수 있음을 강조한다. 아이들은 퇴고가 게임처럼 단순할 수 있다는 것을 바로 직전에 학습한 터라 별다른 거부감 없이 퇴고에 빠져든다. 퇴고는 소각가가 작품을 완성하는 마지막 단계와 같다. 조각에 숨을 불어넣는 건, 완성 직전에 작은 조각칼로 표면을 조심스레 쓸어내리는 마지막 손길이다. 날카로운 도구 끝에 얹힌 그 한 번의 정성이 숨결이 된다. 간절한 기도로 조각상에 생명이 깃들게 한 피그말리온(Pygmalion) 신화처럼 진심이 담긴 퇴고로 글을 생동감 있게 만들어보자. 퇴고 한 번에 글이 숨을 쉴 수 있다면 글에 생명을 불어넣을 방법을 고민하지 않을 이유가 없다.

"선생님, 이번 글은 망했어요"

아이의
키워드

망작(亡作)

'망한 작품'이라는 뜻으로 매우 볼품없거나 보잘것없는 작품을 이르는 말이다. 마음에 들지 않는 스스로의 작품을 두고 자조적으로 "망작이네"라고 말하기도 한다. 그러나 이 세상에 '망글', 이른바 '망한 글쓰기'는 없다. 좋은 글쓰기로 가는 연습의 과정이 있을 뿐이다.

> **ex** "내게 망작은 없어. 사람들을 두근거리게 만드는 기대작(期待作)만 있을 뿐이야!"

껌 종이 그림

20세기 한국 근현대 미술을 대표하는 화가 이중섭의 작품 종류 중 하나. 껌을 감싸고 있는 은박지에 자국을 내어 그린 그림을 '껌 종이 그림'이라 부른다.

은박지에 자국이 새겨지면 절대 지울 수 없다. 그럼에도 이중섭은 껌 종이 그림 그리기를 즐겼다. 작품을 향한 신뢰가 있었기에 가능한 일이었을 테다. 글쓰기도 껌 종이 그림 그리기와 다르지 않다. 무한한 신뢰로 지우개 없이 글을 쓰는 일에 도전해 보자.

> **ex** 은박 종이에 철필이나 못으로 선을 새긴 그림을 '껌 종이 그림' 또는 '은지화(銀紙畵)'라고 부른다.

진심(眞心)

거짓이 없는 참된 마음. 타인에게 비밀이 밝혀질까 봐, 의도치 않은 상처를 주게 될까 봐 두려워 글 속에 진심을 털어놓지 못하는 사람이 많다. 그러나 진심으로 채워진 글은 거짓으로 점철된 글보다 깊고 아름답다.

> **ex** 편지 면면마다 진심이 묻어났다.

피그말리온(Pygmalion)

그리스 신화에 등장하는 키프로스(Cyprus)의 조각가. 어느 날, 자신

"선생님, 이번 글은 망했어요"

이 만든 조각상을 사랑하게 된 피그말리온은 사랑의 여신 아프로디테(Aphrodite)에게 조각상을 인간으로 만들어 달라고 기도한다. 아프로디테는 피그말리온의 소원을 이루어 주었고 인간이 된 조각상과 피그말리온은 사랑의 결실을 이룬다. 해당 신화로 인해 정신을 집중해 어떠한 것을 간절히 소망하면 불가능한 일도 실현된다는 '피그말리온 효과'라는 단어가 생겨나기도 했다.

> ex 피그말리온이 간곡한 마음으로 조각을 한 것처럼 온 마음을 다해 글을 써야 한다.

선인(善人)의 글

타인의 고통을 연민으로 이해하고 인간의 존엄과 공존의 가치를 회복하려는 글을 의미한다. '악당의 글'이 '현실을 직시하는 용기의 글'이라면 '선인의 글'은 '현실을 견디게 하는 온기의 글'인 셈이다. 무엇이 더 옳은 글인지 판단할 수 있는 사람은 없을 것이다. 그러나 '진짜 선인의 글'을 쓰기 위해서는 현실을 직시하는 악당의 글을 쓸 줄 알아야 한다.

> ex 선인의 글을 읽다 보면 시간과 장소는 다르더라도 삶을 대하는 인간의 마음과 고민이 크게 다르지 않다는 사실을 깨닫게 된다.

합평(合評)

여러 사람이 모여 어떤 대상에 대해 의견을 주고받으며 비평하는 것.
대체로 타인의 작품이나 글에 관해 이야기하는 경우가 많다.

> ex "합평회 때 가장 주의해야 할 점은 근거 없는 비난(非難)을
> 해서는 안 된다는 거야. 남을 힐난하는 비난이 아니라 도움
> 이 될 비판(批判)을 해야 해. 그래야 서로 성장할 수 있어."

참고 문헌(參考文獻)

조사나 연구, 창작의 참고 자료로 삼는 서적이나 문서. 글의 명확성
을 높이는 데는 참고 문헌을 밝히는 것만큼 효과적인 것이 없다.

> ex 출처가 명확한 글은 의심받지 않는다. 그러므로 참고 문헌
> 을 세밀하게 작성하는 노력이 필요하다.

"선생님, 이번 글은 망했어요"

5장

선생님의 말

"그러므로 글쓰기는 계속된다"

장인 교육을 멈출 수 없는 이유

학생들 옆에서 계속 글쓰기를 지도해 줄 수 있다면, 적처(適處)의 도움을 늘 줄 수 있다면 얼마나 좋겠나. 그러나 이별은 어느샌가 찾아오기 마련이다. 글쓰기 수업을 마무리할 때 아이들에게 다시 한번 강조한다. 글쓰기는 훈련을 통해 얼마든지 성장할 수 있는 것이라고. 그러면서 고대 그리스의 장인과 철학자, 그들의 제자들이 어떻게 세상을 만들어 갔는지와 관련된 이야기를 해 준다. 수업을 통해 워낙 많이 반복된 이야기들이다 보니 아이들은 "아, 선생님! 지루해요!"라고 장난스럽게 외친다. 그러나 이야기를 그칠 수가 없다. 노파심 때문인 것도 맞지만 혹여나 도움의 손길이 없어졌을 때, 아이들이 자신의 글쓰기 실력을 탓하며 눈물방울을 흘리지는 않을지 걱정이 앞서는 탓이 크다. 먼 훗날 글쓰기를 지루하지 않게 수행하는 순간이 올 때 언젠가 들었던 글쓰기 수업을 떠올리며 즐거움을 찾게 되길 꼭 바라기 때문이기도 하다.

글쓰기 수업을 통해 아이들은 짧은 시간 안에 여러 글쓰기 이론을 배우고 다양한 종류의 글을 쓴다. 그 과정에서 글이 정보를 전달할 때, 나의 주장을 타인에게 이야기할 때, 논리를 정돈할 때, 문학적 상상력을 담아낼 때, 추억을 기록할 때, 감정을 영원히 남길 때 쓰인다는 사실을 학습한다. 단기간에 수십 편의 글을 쓰다 보면 내게 잘 맞는 형식의 글이 있다는 것을 발견하게 된다. 동시에 절대 자연스러워지지 않을 것만 같은 글 형식도 알게 된다. 이 말은 수업마다 좌절하는 아이들이 반드시 등장하고, 그 아이들이 매번 바뀐다는 것을 의미하기도 한다. 수업 때마다 아이들은 어딘가 엉성한 치수의 옷을 입은 듯 뚝딱거리며 글을 쓴다. 진땀을 흘리는 그들에게 모든 형식의 글을 유연하게 쓰는 일은 불가능에 가깝다는 이야기를 들려주곤 한다. 한 인간에게 주어진 재능에는 한계가 있다. 그리고 사람마다 재능을 담는 마음의 형태와 크기가 제각각일 수밖에 없다. 시연이라는 아이가 소설을 정말 잘 쓰더라도 설명문과 논설문 앞에서는 늘 어수룩할 수 있다. 솔밤이라는 아이가 노트 정리를 깔끔하게 해내고 요약문을 기가 막히게 작성하더라도 문학적 글쓰기 능력은 현저히 떨어질 수 있다.

사람마다 타고난 재능이 다르니 잘 써지는 글만 쓰라는 뜻이냐고? 절대 아니다. 글쓰기는 장인 교육의 범주에 속한다. 장인 교육은 '훈련'을 기본으로 한다. 안 되는 것이 있더라도 무수한 반복을 통해 일정 수준까지 해당 능력을 끌어올리는 것이 장인 교육에서 말하는 훈련이다. 내 뜻대로 안 되는 글이 있더라도 괜찮다. 해당 형식을 통해 인생을 성찰하고, 필요한 정보를 얻을 수 있다면 족하다. 글쓰기 능력이 필요한 특별한 순간에 필살기처럼 활용할 수 있을 정도로만 형식을 연마하면 그만이다. 위대한 작가가 집집마다 탄생할 수 없는 것처럼 모든 글쓰기를 굳이 잘하지 않아도 된다. 그렇지만 내가 원할 때, 원하는 정도의 글을 쓰는 건 얼마든지 가능하다. 약간의 연습만 있다면 말이다.

글쓰기 수업에 온 똘망똘망한 눈을 지닌 친구들을 보면서 언제나 특별한 상상에 빠진다. 아이들이 앉아 있는 강의실은 커다란 공방(工房)으로 변모한다. 그리고 아이들 앞에 놓인 교재와 연필은 각자의 특성에 맞는 제도 기계 등으로 바뀐다. 약 3시간의 수업 시간 동안 아이들에게 반드시 장인의 숨결 정도는 학습시켜 집으로 보내겠다는 다짐을 한다. 그동안 아이들에게 절대 '부정적인 말'을 하지 않는다. 무언가가 부족하다거나 잘못되었다는 이야기는 공방 안에서 절대 금물이다. 말은 그저 말일 뿐이기도 하지만 때로는 엄청난 힘을 지니기 때문이다. 때로 선생이 뱉은 한마디가 그 아이의 모든 것을 결정할 수도 있잖은가. 그러므로 글쓰기 실력이 부족한 아이를 보더라도 참고 기다린다. 오히려 아이를 성장시키지 못하는 공방의 분위기를 탓한다. 이건 과거의 진짜 장인들도 마찬가지였을 것이다. 모든 제자가 1등인 교실은 그 어디에도 없다. 누군가가 1등이라면 또 다른 누군가는 마지막 순번을 차지할 수밖에 없다. 그러나 장인들은 제자가 훈련을 포기하지만 않는다면 공방에서 내쫓는 일이 없다. 현재의 실력이 부족하더라도 간절히 바라는 사람, 시간을 견딜 줄 아는 사람이라면 미래의 모습이 달라질 수도 있음을 알기 때문이다.

대학 시절에 어느 유명한 교수님의 수업을 들었던 적이 있다. 교과서에 작품이 수두룩 실려 있고, 모의고사 선지로도 종종 등장하는 유명한 시인 교수님의 수업이었다. 시인 교수님의 수업을 제대로 알아듣지도 못하면서 즐겁게 수업에 참여했던 것이 기억난다. '즐겁게 참여'했다고 해서 해당 수업의 에이스였다는 이야기는 아니다. 시인 교수님께 꼭 듣고 싶던 칭찬은 언제나 다른 학우의 차지였다. 아무리 공을 들여 과제를 해도 "지난 시간보다는 낫다" 정도의 말을 들을 뿐이었다. 시인 교수님의 수업에서 가장 실력이 부족한 사람은 안타깝게도 나였다. 실력이 부족한 사람은 아닌 척을 할 뿐 자신이 가장 아래에 있다는 사실을 느끼고 있다. 그러나 그 사실을 인정하게 되면 스스로가 무너질까 두려워 모르는 척하는 것뿐이다. 시인

"그러므로 글쓰기는 계속된다"

교수님께서도 그 마음을 아셨는지 "너는 재능이 없다"라거나 "이 과제는 못 볼 정도야"라고 말씀하시지는 않았다.

학기가 끝나고 최종 과제를 제출할 때쯤, 학기 내내 유지하려 노력했던 '즐거움'도 빛을 잃고 형편없는 점수를 받을 수밖에 없겠다는 암울함만 남았다. '형편없는 점수'를 확신했던 건 그간의 경험이 있기 때문이다. 사실 시인 교수님은 학과의 주임 교수님이었고 1학년 때부터 항상 그분의 수업에서 제일 낮은 점수를 독차지한 바 있다. 최종 과제를 제출하러 가는 길, 날씨가 정말 추웠던 것이 떠오른다. 그리 늦은 시간이 아니었는데도 어느새 해가 넘어가고 있어 괜히 마음이 급해져 몇 번이나 발걸음이 꼬였다. 넘어질 뻔한 수많은 순간을 지나 교수님의 연구실에 다다랐다. 문을 두드리자 낮은 목소리로 "들어와라" 하셨다. 기말 과제를 천천히 읽으시던 시인 교수님 앞에서 몇 번을 망설이다가 용기를 냈다.

"저, 선생님."
"그래."
"제가 계속…… 계속 공부를 해도 되겠습니까?"

뜻밖의 이야기를 들었다는 듯 시인 교수님의 표정이 바뀌었다. 기말 과제를 내려놓으시고는 한참을 말없이 창문 밖을 쳐다보셨다. 당시에는 '무언가 단단히 잘못되었나 보다'라는 생각을 했다. 그렇지 않고서야 오래 고민하실 리가 없을 테니까. 그러나 예상과는 달리 시인 교수님께서는 다음과 같이 대답하셨다.

"계속해도 좋다."
"예? 정말입니까?"
"너는 그런 영혼을 타고났다."

연구실 안에서는 기쁜 티를 내지 못했다. 물론 연륜이 많은 시인 교수님께서는 학생의 얼굴에 비친 기쁨을 금방 읽어내셨겠지만 대놓고 쾌재를 부르지는 않았다는 이야기이다. 연구실을 나선 후, 너무 기뻐서 교정을 몇 바퀴나 뛰었던 기억이 난다. 그런 영혼, 공부를 해야 하는 영혼 그리고 계속 글을 써야 하는 영혼으로 인정받았다는 사실이 가슴 뛰게 기뻤다.

누군가를 가르쳐 봤거나 학생 시절을 지나친 사람이라면 시인 교수님의 진짜 의중이 무엇인지 알고 있을 것이다. 학생이 정말 '그런 영혼'을 타고났다고 이야기하는 것이 아님을 말이다. 타고난 영혼은 누군가 집어 주지 않아도 자신이 선택받은 영혼임을 어느 정도 짐작한다. 아마 시인 교수님은 "(지금은 아니지만) 너도 '그런 영혼'이 될 가능성이 있어"라는 말씀을 아주 완곡하게 표현하셨던 듯하다. 제자의

"그러므로 글쓰기는 계속된다"

미래를 자신의 한마디로 정하지 않으시려는 배려의 뜻임을 지금은 알고 있다. 그러나 시인 교수님 덕분에 나는 스스로가 '그런 영혼'이라 믿으며 살게 되었다. 믿음 덕분인지 아이들에게 국어와 글쓰기를 가르치는 일을 업으로도 삼게 되었다.

아이들이 "선생님은 어떻게 글쓰기를 잘하게 되었어요?"라는 질문을 하면 시인 교수님과의 일화를 이야기해 준다. 이야기를 들은 아이들은 "에이, 진짜 잘 써서 그랬던 것 아니에요?"라며 부족한 선생님을 감싸 준다. 당시 정말 글쓰기를 잘했는지 아닌지는 중요하지 않다. 중요한 것은 끝까지 학생의 미래를 포기하지 않은 시인 교수님의 말이다.

과거에도 비슷한 부류가 있었겠지만 최근 유독 '책임'을 두려워하는 사람들이 많아졌다. 10년 전, 일본에는 취업 대신 아르바이트로만 생계를 유지하는 프리터족(Free Arbeiter族)이 등장했다. 이들은 직장에서 맺어지는 인간관계나 어떠한 일을 책임지는 것을 피하려고 아르바이트를 선택했다. 한국이라고 해서 크게 다르지 않다. 불황이 지속되고, 코로나 이후 취업 문이 좁아진 탓도 있겠지만 기업에 들어가 일을 하는 것보다 편의점 아르바이트가 더 낫겠다고 이야기하는 사람이 늘었다. 이는 초등학생들에게서도 확인할 수 있다. "너 꿈이 뭐야?"라고 물었을 때 네 명 중 하나는 "'돈많백'이요"라고 답한다. '돈많백'은 '돈 많은 백수'를 뜻한다. 일을 하지 않아도 돈이 많길 바라고 아무것도 하지 않아도 생활이 유지되길 바라는 사회 분위기가 어린아이들에게까지 내려와 있다.

'아무것도 하고 싶지 않다'는 말은 '책임'에서 벗어나고 싶다는 것과 같다. 그 책임이 일이든 인간관계든 자기 자신이든 신경 쓰고 싶지 않다는 것이 요즈음의 모습인 듯하다. 그렇다 보니 다른 사람의 미래를 담보하는 이야기 역시 쉽게 하지 않는다. "네 인생이니 네가 결정해야지", "네 선택이니까 네가 책임져야지"라는 말이 당연시되는 것도 '나의 책임'에서는 벗어났음을 표현하기 위한 하나의 수단으로 보인다. 나아가 누군가를 응원하거나 용기를 주는 말조차도 자꾸만 줄어드는 듯하다. 누군가에게 "해도 좋다"라는 말을 건넸을 때, 오랜 시간이 지나 그것이 '내 탓'으로 돌아오지는 않을지 경계하는 시선이 만연하다.

그러나 그런 경계가 아이들에게, 그리고 교육에까지 내려와서는 안 된다. 미래를 예측할 수 있는 사람은 아무도 없다. 오늘의 아이와 내일의 아이는 완전히 다른 아이다. 장인 교육은 훈련을 통해 어떠한 작업이나 기능을 결국 능숙하게 만든다. 장인 교육 속에서 스승은 절대 제자를 포기하지 않는다. 제자가 결국 능숙한 한 사람의 장인이 될 때까지 스스로가 포기하지 않는다면 언제든 응원해 주고 도움의 손길을 내민다. 어느 수업에서든 마찬가지지만, 특히 글쓰기 수업에서는 그 어떤 아이든 포기하지 않아야 한다. 글쓰기는 생각과 밀

접한 관련이 있다. "너는 글쓰기 실력이 없다"는 말은 "너는 생각을 펼칠 준비가 되어 있지 않다"라는 무시무시한 말이 되어 버린다. 시인 교수님의 "해도 좋다"라는 말처럼 글쓰기 수업만은 언제나 장인 교육의 정신을 잃지 않아야 한다. 오늘보다 더 나아질 아이들의 미래를 믿는다는 것이 '장인 교육' 안에 단단히 스며들어 있으므로.

선생님의 말

책을 읽을 때는 연필을 들어라!

세상에는 두 종류의 사람이 있다. '**책을 읽는 사람**'과 '책을 읽지 않는 사람'. 책을 읽는 사람은 다시 두 종류로 나뉜다. '**책을 읽을 때 연필을 드는 사람**'과 '그렇지 않은 사람'. 책을 읽을 때 연필을 드는 것은 단순 독서 습관의 문제가 아니다. 사유하는 사람인지 아닌지를 알아볼 수 있는 기본적인 태도에 관한 문제다. 대부분 책을 읽을 때 눈으로 글을 좇는다. 물론 재미 위주의 책을 읽을 때는 눈으로만 글을 읽어도 충분할지 모른다. 그러나 책 안에서 무언가 깊은 내용을 얻으려 한다면 눈은 더는 충분한 도구가 되지 못한다. 책 안에서 '깊은 내용'을 얻는다는 것은 텍스트의 정보만 흡수하는 게 아니다. 책 속에 내

"그러므로 글쓰기는 계속된다"

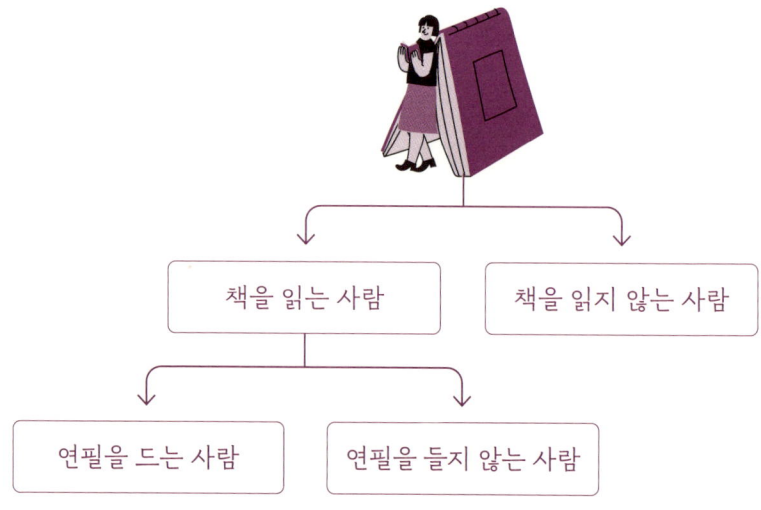

책을 읽는 사람

책을 읽지 않는 사람

연필을 드는 사람

연필을 들지 않는 사람

포된 생각과 의미를 구하고, 그로 인해 발생하는 독자로서의 반응을 마음속에 기록하겠다는 뜻이다.

한국 출판 시장의 속도는 생각보다 매우 빠르다. 매주 여러 권의 신간이 나오지만 동시에 사라지기도 한다. 물론 대중의 인기를 얻은 책은 꾸준히 판매되지만, 찾는 사람이 적은 책은 금방 자취를 감춘다. 미국 작가 앤드루 포터(Andrew Porter)의 저서 중 『빛과 물질에 관한 이론(The Theory of Light and Matter)』이라는 책이 있다. 앤드루 포터는 한국에서는 그리 유명하지 않은 작가일지 모르지만, 현지에서는 '단편 문학의 기수'라는 평가를 들을 정도로 명성이 높다. 앤드루 포터의 데뷔작이기도 한 『빛과 물질에 관한 이론』은 플래너리

오코너상(Flannery O'Connor Prize for Short Fiction)을 받으며 미국 평단에서 크게 호평받았다. 그에 힘입어 2011년 한국에도 출간되었다. '유명한 책인가 보네. 언젠간 읽어 볼까?'라는 생각으로 지나쳤던 『빛과 물질에 관한 이론』은 출간 이후 얼마 지나지 않아 절판되었다. 훗날 앤드루 포터의 이름이 한국 문단에 조금씩 이름이 알려졌을 때는 책을 구할 수 없는 상황이었다. 앤드루 포터의 책을 찾겠다며 중고 서점을 서성이거나 영문판을 구매해 직접 번역을 하겠다고 덤벼드는 사람들이 조금씩 나타났다.

갑자기 출판 시장에 관한 이야기를 꺼낸 것은 '책은 아끼는 것이 아니'며 '읽기를 고민해야 하는 대상도 아니'라는 사실을 말하기 위해서다. 물론 개인의 취향과 관심사에 따라서 무덤까지 가져가고 싶은 책이 있을 수 있고, 도저히 손이 가지 않는 책도 있을 테다. 그러나 책 한 권이 지니는 시의성은 대체로 무척 짧다. 시간이 지나 앤드루 포터를 읽고 싶어 하는 독자의 요구가 넘쳐날 때쯤 『빛과 물질에 관한 이론』은 재출간되었다. 8년 만의 재출간이었다. 그러나 앤드루 포터의 장편 소설인 『어떤 날들』이 이미 국내에 번역되어 있기도 했고 알음알음 어딘가에서 단편 소설을 읽은 사람들이 많았기에 '절판된 전설의 책'이라는 희소성은 사라진 뒤였다.

책을 보물처럼 대하는 사람을 이따금 만난다. 『빛과 물질에 관한 이론』과 관련된 이야기를 하면서 "한국에서는 책이 너무 빨리 절판

"그러므로 글쓰기는 계속된다"

되니까 소중하게 읽어야 해요"라는 말을 하는 사람도 만나 봤다. 절판된 이후에는 다시 책을 구할 수 없으니 책에 낙서나 메모를 해서는 절대 안 된다는 말도 들었다. "다시 되팔려는 셈인가요?"라고 묻기도 했으나 책을 아끼는 누군가는 그런 것은 아니라며 고개를 저었다. 책을 아낀다고 해서 책의 내용이 머릿속에 들어가는 것은 아니다. 절판된 책을 모셔 둔다고 해서 책을 소유한 독자의 가치가 올라가는 것도 아니다. 읽기가 아까울 정도로 소중한 책이라고 해도 책은 '더럽혀졌을 때' 자신의 가치를 드러낸다. 연필과 펜, 과자 부스러기나 음료수 자국이 묻더라도 괜찮다. 책을 읽은 사람의 흔적이 많이 남을수록 좋다. 물리적으로 책을 괴롭히라는 의미가 아니다. 책에 감상과 해석, 그리고 사소한 질문을 적으며 책 한 권을 '지식의 전달처'이자 '나만의 노트'로 만드는 과정이 필요하다.

책에 감상과 질문을 적어도 좋다는 이야기를 잘못 이해하면 "책한 권을 내 마음대로 해석해도 된다는 건가?"라는 그른 답이 도출될 수 있다. 여백에 직접 글을 쓰다 보면 마치 작가와 대화를 나누는 듯한, 또는 저자에게 직접적인 첨언을 하는 듯한 착각이 들기 때문이다. 책의 내용을 '자유롭게' 해석하는 것은 괜찮지만 '마음대로' 해석하는 건 곤란하다. 둘은 비슷해 보여도 생각의 깊이에서 큰 차이가 있다. '자유'는 근거를 바탕으로 한 생각이고, '마음대로'는 맥락을 놓친 오해에 가깝다. '자유로운' 해석을 위해서는 우선 저자의 생각을 잘 정리해야 한다. 저자가 전달하고자 하는 지혜와 통찰력이 무엇인지, 중심 주제가 무엇인지 고민하는 시간이 필요하다. 이후에 그 고민의 과정에서 얻게 된 이야기들을 책에 기록해 두자. 책 속에는 저자의 생각이 있다. 그리고 책의 여백에는 나의 생각이 있어야 한다. 책을 완벽히 이해한 후, 나의 자유로운 감상이 더해지면 책은 더 이상 '한 권의 책'이 아니다. 소통의 도구이자 진정한 공부의 결과물이 된다.

자유로운 해석이 가능한 책 읽기를 학생들에게는 '**자유로운 해석 독서법**'이라 지칭해 말하고는 한다. '자유로운 해석 독서법'을 가장 잘 따라 주었던 아이는 보리였다. 보리는 윌리엄 골딩(William Golding)의『파리 대왕(Lord of the Flies)』을 학원 과제로 읽어야 했다. 5학년이었던 보리에게『파리 대왕』은 다소 난해한 책이었다.『파리 대왕』은 난파 사고로 인해 무인도에 고립된 소년들의 모험담을 다룬 이야기이다. 그러나 단순히 소년들의 무인도 생활만을 다루지는 않는다. 그 안에서 벌어지는 힘과 권력의 이야기, 인간 내면에 잠재해 있는 본성과 관련된 부분들이『파리 대왕』의 진짜 주제다. 보리는 내게 어떻게 해야『파리 대왕』을 잘 읽을 수 있느냐고 물었다. 보리에게 "책과 대화를 해 보자"라고 답했다. 책이 말을 할 리는 만무하다. 그러나 우리가 책에 말을 거는 일은 여백을 통해서 가능하다. 보리는 다시 책의 첫 페이지로 돌아가 연필을 들었다. 그리고 책 속 등장인물들의 이름 옆에 그간 자신이 이해한 내용들을 적기 시작했다.

"랄프는 아이들의 리더예요. 사이먼은 순수한 아이고요. 새끼돼지는 눈치가 없지만 나쁜 의도가 있는 친구는 아니에요. 잭은 욕심이 많아 보여요. 멋있기도 하지만요."

"그리고?"

"랄프와 잭은 서로 대적하는 관계예요."

"좋아. 인물들을 상징하는 단어도 생각해 보자."

'랄프 – 리더', '사이먼 – 순수', '잭 – 야망가' 등의 간단한 정리는 차후 보리가 책의 중심 내용을 이해하는 데 큰 도움이 되었다. 독서를 하다가 길을 잃더라도 메모를 지표 삼아 다시 저자가 설정해 둔 주제로 돌아올 수 있었기 때문이다. 보리는 아주 단순한 메모부터 시작했다. '난파(難破)는 무슨 뜻일까?', '새끼 돼지의 렌즈는 오목인가, 볼록인가?' 그러나 페이지가 넘어가면서부터 보리의 메모는 점차 책의 주제를 간파하는 문장으로 변모했다.

섬에 갇힌 아이들은 서서히 인간성을 잃고 본능에 의해 행동하게 된다. 그리고 서로를 죽이는 지경에 이른다. 랄프의 친구였던 새끼 돼지가 아이들의 잔꾀로 낭떠러지에서 떨어져 죽었을 때, 보리는 책 귀퉁이에 다음과 같은 메모를 적었다.

"인간성이 사라진 인간에게는 무엇이 남을까?"

'인간성'은 보리가 『파리 대왕』에서 가장 중요하게 생각한 화두였다. 보리는 책의 주제를 놓치지 않으면서도 자신만의 주제인 '인간성이 사라진 인간에게 남는 것'이 무엇인가라는 답을 찾기 위한 독서를 이어 나갔다. 보리는 여백을 채우는 작업을 통해 '자유로운 해석 독서법'을 자신도 모르게 실천하고 있었다.

'자유로운 해석 독서법'은 깊은 독서를 하는 데서 그치지 않는다. 나아가 문해력을 기르는 데 중요한 역할을 한다. 문해력(文解力)은 단순히 글자를 읽고 통글 하나를 해석하는 능력을 의미하지 않는다. 문해력이란 글의 깊은 의미를 파악하고, 글쓴이의 의도를 읽어내며, 그 속에서 자신의 생각을 정리할 수 있는 능력을 뜻한다. 책을 읽을 때 여백을 채우기 위해 연필을 들어야 하는 이유가 바로 여기에 있다. 책 속 문장에 밑줄을 긋고, 책의 내용을 요약하고, 요약에 더해 질문을 생각하는 과정에서 문해력이 점차 확장된다. 채 열 페이지를 읽지 못하고 질문을 떠올려야 하기에 속도는 느릴 수 있다. 그러나 책 한 권을 천천히, 끝까지 읽고 나면 마치 안개 속에 가려졌던 길이 서서히 드러나는 것처럼 이해의 폭이 넓어졌다는 걸 느낄 수 있을 것이다. 문장을 더 오래 붙잡게 되고, 내용 사이의 연결을 스스로 찾아내는 자신을 발견하게 될 테다.

보리가 처음 『파리 대왕』을 읽었던 건 학원 과제를 위해서였다. 내게 『파리 대왕』을 잘 읽는 방법을 질문했던 것도 얼른 과제를 끝내

"그러므로 글쓰기는 계속된다"

기 위한 하나의 방편에 불과했다. 그러나 여백을 채우는 능동적 독서를 통해 차츰차츰 책 속 저자가 던지는 질문에 생각을 덧붙일 수 있게 되었고 책의 주제에도 성공적으로 닿을 수 있었다. 보리는 『파리 대왕』을 읽으며 저자가 던진 책 속 메시지에 자신의 입장을 더할 수 있는 능력을 키웠다. 이는 수능을 앞둔 고등학생이 반드시 함양해야 할 능력이기도 하다. 수능 국어는 긴 글의 핵심 내용을 얼마나 정확히 파악하는지 확인하는 시험이다. 그와 동시에 정해진 시간 내에 오류 없이 글을 잘 읽어 내는지를 판단하는 시험이기도 하다. 긴 글을 단숨에 읽어 내는 독해력은 정보를 기억하는 '기억력 독서'로는 길러지지 않는다. 글을 읽을 때 각 문장에서 저자가 하고자 하는 말의 의미를 정확히 짚어 내고, 이를 바탕으로 생각을 정리하는 '능동적 독서'가 필요하다.

책을 읽을 때 연필을 드는 행동은 사유의 기본 바탕이자 책과 대화하는 한 방법이다. 그리고 문해력을 효과적으로 기르는 중요한 연습이 되기도 한다. 책이 겉보기에 묵묵부답이라고 해서 독자마저 말을 멈출 필요는 없다. 책이 말을 시작할 때까지 두드리고 또 두드려야 한다. 두드린 자리에 빛나는 정답이 새겨져 있을 것이다.

자유로운 해석 독서법+능동적 독서

1. 책을 읽기 전, 연필을 들어라

책을 읽기 전에는 '눈'과 함께 '연필'을 준비하자. 연필을 드는 것은 단순한 습관이 아닌 깊이 있는 사유의 시작이다. 책 귀퉁이에 즐비한 여백에 메모를 해 보자. 책 속 저자와 대화할 수 있는 길이 열린다.

2. 책의 핵심 내용을 파악하자

저자가 무엇을 말하고자 하는지 확인하자. 독자에게 반드시 전달하고 싶었던 핵심 주제가 무엇인지 간파하는 것이 중요하다. 저자의 의도를 확인했다면 해당 의도와 관련된 의견을 적어 보자. 의견은 책의 해석과 큰 관련이 있다. 이때의 해석은 '마음대로' 해석이어서는 안 된다. 저자의 생각과 연결점을 갖되 나만의 특이점이 있는 '자유로운'

"그러므로 글쓰기는 계속된다"

해석이어야 한다.

3. 아주 간단한 메모부터 시작하자

첫 페이지라고 해서 망설일 것 없다. 메모를 시작해도 괜찮다. 인물, 사건 등을 정리하는 간단한 메모라도 충분하다. 등장인물의 성격을 한 단어로 정리하거나 궁금한 점을 여백에 적어 두자.

- '랄프 - 리더', '사이먼 - 순수', '잭 - 야망가'
- '난파(難破)는 무슨 뜻일까?'
- '새끼 돼지의 렌지는 오목인가, 볼록인가?'

4. 책과 대화하며 질문을 던지자

책을 읽으면서 저자의 말에 반응하고 스스로 질문을 던지는 것이 중요하다. 질문은 메모를 활용하면 된다. 메모가 많아질수록, 그리고 메모에 자신의 생각을 더할수록 저자의 의도를 더욱더 깊이 이해할 수 있다.

- "인간성이 사라진 인간에게는 무엇이 남을까?"
- "왜 소년들은 권력과 통제에서 벗어날수록 잔혹해졌을까?"
- "사이먼의 순수함은 왜 파괴되었을까?"

여백에 적은 질문(또는 감상)은 몰입감을 주고, 책의 주제에 관한 입장을 확립할 수 있게 해 준다. 질문을 적느라 책을 읽는 속도가 느려지더라도 걱정할 필요가 없다. 한 권의 책을 읽는 동안 쌓인 수많은 질문이 문해력의 깊이를 더해 줄 것이다. 연필과 함께한 독서는 '자유로운 해석 독서', 이른바 '능동적 독서'를 가능케 한다.

"수능 국어는 긴 글의 핵심 내용을 얼마나 정확히 파악하는지 확인하는 시험이다. 그리고 그와 동시에 정해진 시간 내에 오류 없이 글을 잘 읽어내는지를 판단하는 시험이기도 하다. 긴 글을 단숨에 읽어내는 독해력은 정보를 기억하는 '기억력 독서'로는 길러지지 않는다. 글을 읽을 때 각 문장에서 저자가 하고자 하는 말의 의미를 정확히 짚어내고, 이를 바탕으로 생각을 정리하는 '능동적 독서'가 필요하다."

"그러므로 글쓰기는 계속된다"

'따라 적기'는 언제나 유효한 일

첫 수업이 끝나면 숨 돌릴 틈도 없이 '상담의 시간'이 찾아온다. 수업 중 보았던 아이의 특성, 글쓰기 습관, 국어 능력, 수업 태도 등의 정보를 가지고 현 상황에 대한 분석, 앞으로의 학습 전망에 대해 학부모님과 이야기 나눈다. 그러나 분석은 '거들 뿐'이고 대체로 "앞으로 이 아이를 정성을 다해 가르치겠습니다"라는 약속의 말을 더욱 힘차게 전달하는 듯하다. 그러면 학부모님께서도 "부족한 우리 아이를 잘 부탁드립니다"라며 감사 인사를 전하신다. 그러나 약속의 말로만 상담 전화가 끝난다면 안 될 일이다. 학부모님께서 언급하시는 '부족한'이라는 부분에 초점을 맞추어야 한다.

글쓰기 수업 첫 상담 전화에서 자주 나오는 '부족한'은 다음과 같다. **"선생님, 저희 아이가 생각은 많은데 글의 구성을 잡는 데 서툽니다. 서론과 본론, 그리고 결론이 명확한 글을 쓰게 해 주세요."** 생각이나 상상력을 넓혀 달라는 부탁을 할 수도 있을 텐데 '구성'을 먼저 이야기하는 이유는 무엇일까? 추후 수행평가나 학교생활기록부의 '세부능력 및 특기사항(세특)', 그리고 대입 논술 준비를 염두에 둔 요구일 것이다. 논리적인 글쓰기를 기대하는 학부모님의 요구를 충분히 이해한다. 다행스러운 것은 학부모님의 걱정과 달리 글 구성을 바로잡는 일이 그리 어렵지 않다는 점이다. 구성을 잡는 것은 기술적인 부분이기에 몇 번의 수업만으로도 서론, 본론, 결론이 명확한 글을 써낼 수 있다. '서론-본론-결론'이라는 개념 자체가 입력되지 않는 아이가 수업을 듣는다고 해도 문제없다. 잘 쓰인 신문 기사를 강사와 열 편 정도만 정독해도 스펀지처럼 '구성'을 학습하게 된다.

글의 구성과 관련된 학습이 생각보다 빠르게 정리가 되고 나면 또다시 전화가 울린다. **"선생님, 글의 구조는 어느 정도 잡힌 것 같아요. 그런데⋯⋯글이 왜 이렇게 허전하죠? 문장을 적는 힘이 떨어지는 게 아닐까요?"** 논리적인 틀은 잡혔지만 정작 글에서 재미를 느낄 수 없다는 뜻이다. 단팥이 빠진 찐빵, 치즈가 없는 피자처럼 겉모양만 그럴싸한 글이 아이의 손끝에서 나온다면 어떻게 해야 할까? '역시 글을 쓰는 재능은 없구나' 하고 낙담할 일이 절대 아니다. 문장력을 키우

"그러므로 글쓰기는 계속된다"

는 훈련을 거치면 구조를 찾았던 것처럼 재미 역시 얻을 수 있다.

말은 쉽게 했지만 사실 문장력을 기르는 일은 쉽지 않다. 『토지』[37]의 박경리, 『노르웨이의 숲(ノルウェイの森)』[38]의 무라카미 하루키처럼 고유의 문체로 독자에게 깊은 인상을 남기기 위해서는 짧게는 몇 년, 길게는 몇십 년의 시간이 필요하다. 한 문장만 보더라도 작가의 존재가 가늠되는 글을 적을 수 있게 된다면 물론 좋을 것이다. 그러나 작가가 꿈인 것도 아닌 아이들에게 문장 훈련을 강하게 요구할 수는 없는 일이다. 문장력을 키우는 방법으로 '시간'만이 답인 걸까? 만약 시간만이 답이라면 문장력을 키울 수 있는 사람은 몇 되지 않을 것이다. 얼마 안 되는 시간으로도 문장력을 상승시킬 수 있다.

문장력을 기르는 가장 좋은 방법은 필사(筆寫)다. 타인이 적은 글을 종이에 베껴 적는 행동이 필사다. 그러나 아무 책이나 베껴서는 안 된다. 필사에 적합한 책을 신중하게 골라야 한다. 문체가 너무 개성적이거나 심심한 책은 적절치 않다. 약간의 재미를 담보하고 있지만 너무 튀지 않는, 균형감 있는 문장을 구사하는 작가의 책이 필요

---

37 박경리 작가의 대하소설. 1969년 6월에 집필을 시작해 1994년에 완성되었다. 집필에만 25년이 걸린 『토지』는 경상남도 하동군 악양면 평사리를 배경으로 진행되며 한국 역사의 큰 맥을 짚는 '대작'으로 평가받기도 한다.

38 1987년 9월 발표된 무라카미 하루키의 대표작. 한국에는 문학사상 출판사를 통해 『상실의 시대』라는 제목으로 번안되어 출간되었다.

하다. 김승옥[39]이나 오정희[40] 같은 작가의 글이 좋은 예시가 될 수 있다. 이들의 글은 유려하면서도 단정하다. 시대적인 표현이 지나치게 묻어나지 않아 어린아이들이 필사하더라도 촌스럽지 않다. 더불어 평이한 문장 속에서 간혹 톡톡 튀는 감칠맛을 느낄 수 있기에 재미있다. 모의고사 지문으로도 종종 등장하는 작품이라 학습적으로도 훌륭하다.

장점만 있다면 좋겠지만 세상 모든 것에는 이면이 존재한다. 김승옥, 그리고 오정희 작가의 글은 필사를 처음 마주하는 사람에게는 다소 어렵다. 우선 해당 작가들의 글은 소설이 쓰인 시대의 모습을 어느 정도 알고 있어야 글을 제대로 이해하는 것이 가능하다. 또 글을 잘 쓰는 것으로 정평이 나 있는 작가들이다 보니 작품 안에 고급 어휘도 꽤 사용되어 필사하는 사람에 따라서는 국어사전을 옆에 두어야 할 수도 있다. 김승옥과 오정희는 필사 단계로 치자면 '매우 높음' 수준에 해당하는 셈이다. 그렇다면 어떤 작가의 작품으로 필사를 시작해야 즐거운 마음으로 임할 수 있을까?

---

39 1960년대 한국 문단을 풍미했던 소설가. 「무진기행」(1964), 「서울, 1964년 겨울」(1965) 등의 작품을 통해 "감수성의 혁명"이라는 평을 듣기도 했다.

40 1968년 단편 소설 「완구점 여인」으로 등단한 여성주의 작가. 섬세한 묘사와 치밀한 심리 서술로 호평받았다. 『불의 강』(1975), 『유년의 뜰』(1981), 『바람의 넋』(1986) 등의 소설집을 출간했다.

"그러므로 글쓰기는 계속된다"

< 1 >

율T "어느 시골 마을에 한 소년과 소녀가 살았어. 소년은 늘 논에 나가 일을 돕는 착한 아이였어. 소녀는 원래 도시 아이였는데 몸이 약해서 요양하느라 잠시 시골로 내려왔지.

소년은 냇가에서 우연히 소녀를 만나게 돼. 그때부터 두 사람은 조금씩 친해졌어. 같이 걷고 웃었어. 때로는 장난도 치면서 점점 가까워졌지. 그날도 소년과 소녀는 평소처럼 장난을 치고 있었어. 그런데 하늘이 갑자기 어두워지더니 소나기가 쏟아졌단다. 소년과 소녀가 어떻게 했을까? 급히 원두막으로 뛰어가서 비를 피했어. 둘은 처음으로 단둘이 있게 되었어. 소년은 괜히 가슴이 두근거렸고 소녀는 수줍게 웃었단다. 아직 이름을 잘 모르는 감정이 둘 사이에 자라났지."

< 2 >

율T "도시 북쪽을 상상해 본 적 있어? 만약 끝이 보이지 않는 검은 땅이 바다처럼 펼쳐져 있다면 어떨 것 같아? 그리고 그 위로 고층 빌딩이 각기 다른 모양으로 솟아 있는 거지. 꼬이거나 눕거나, 또는 둥근 지붕을 얹은 건물들이 하늘을 찌를 것처

선생님의 말

럼 날카롭게 서 있어. 그리고 그 위에 이불 같은 흰 구름이 덮여 있는 거야.

그런 땅에 대체 누가 사느냐고? 바로 '령'이 살고 있어. 령은 검은 땅이 아주 옛날에는 바다였을지도 모른다고 생각해. 네가 령이라면 어떤 생각을 할 것 같아?"

첫 번째 작품은 소설가 황순원[41]의 「소나기」이다. 1952년 잡지 『신문학』을 통해 발표된 「소나기」는 사춘기 소년과 소녀의 사랑 이야기를 서정적으로 그리고 있다. 동명의 영화와 드라마가 있을 만큼 인기가 높다. 「소나기」는 그 누가 필사하더라도 줄거리를 이해하는 데 어려움이 없다. 단출하지만 마냥 가볍지 않은 내용과 경쾌한 리듬, 묘한 서글픔을 동반한 문장이 필사를 흥겹게 만든다. '문장이 짧다'는 것은 쓸데없이 덧붙은 문장이 없다는 뜻이다. 반드시 있어야 하는 표현만 빼곡하게 적힌 「소나기」 속 문장들은 깔끔하고 압축된 표현을 배우고 싶을 때 제격이다. 그러면서도 인물의 감정 묘사 또한 놓치지 않았기에 작가만의 아름다운 감성까지 배울 수 있다. 「소나기」

---

41 황순원, 「소나기」, 『한국단편문학선 2』, 민음사, 1999.

"그러므로 글쓰기는 계속된다"

필사에 재미를 느꼈다면 비슷한 결의 작품인 알퐁스 도데(Alphonse Daudet)의 「별(Les étoiles)」 필사에도 도전해 보길 바란다.

두 번째 작품은 2007년 잡지 『현대문학』에 발표된 「빨강 속의 검정에 대하여」[42]다. 소설가 강영숙은 날렵한 관찰력을 이용해 글을 쓰는 것으로 유명하다. 삶의 면면이 작품 안에 구체적으로 형상화되어 있다. 글을 구체적으로 쓰지 못하거나 유창한 문장을 구사하지 못해 고민이라면 강영숙 작품 필사가 도움이 된다. 더불어 소설임에도 감정에 치우쳐져 있지 않아 문체가 담백하다. 감정이 앞선 글이 아닌 냉철한 글을 쓰고 싶을 때 좋은 해답이 되어 줄 것이다.

아무리 좋은 작가의 문장이라 할지라도 아이들에게 필사를 권유하면 십중팔구 "손이 아프다"라는 볼멘소리가 돌아온다. 아이들이 최대한 가시밭길을 피할 수 있게, 푹신한 구름길만을 걸을 수 있게 하고 싶다. 그러나 필사보다 더 쉬운 구름길은 현재 존재하지 않는다. 투정을 부리는 아이들의 손을 꼭 잡으며 제대로 필사하는 방법을 설명해 주는 수밖에 없다. 필사는 '쓰기'다. 읽기와는 다르다. 읽기는 눈으로 글을 훑는 것이기에 대략적인 책의 내용을 기억할 수는 있겠지만 문장 하나하나는 금방 잊힌다. 반면 쓰기는 스치듯 지나가는 것이 아니라 직접 글을 적는 '행위'이기에 문장 하나하나가 손과

---

42 강영숙, 『빨강 속의 검정에 대하여』, 문학동네, 2009.

머리, 마음에 새겨지게 된다. 필사를 오래 하다 보면 자신도 모르게 좋은 문장을 쓸 수 있다. 좋은 문장이 '몸에 배는 것'이다.

'몸에 배는 필사'를 하기 위해서는 반드시 올바른 방법으로 필사를 해야 한다. 가끔 필사를 단순히 옮겨 적기만 하면 되는 것이라 오해하는 아이들이 있다. 과제를 하다가 필사 한 줄, 좋아하는 애니메이션을 보면서 필사 두 줄, 핸드폰 자판을 통해 필사 세 줄을 하는 방식으로 필사를 수행하면 만 줄의 필사를 하더라도 소용이 없다. 바른 필사에는 '소리'가 필수다. 한 문장씩 옮겨 적으며 입으로 문장을 소리 내어 읽어야 한다. 큰 소리로 읽지 않아도 괜찮다. 작은 소리로 소곤거리며 입 모양을 만들어 보는 것으로도 충분하다. 중요한 점은 문장을 그대로 옮겨 적되, 마침표 하나도 빠트리지 않고 충실히 옮기는 것이다. 맞춤법과 띄어쓰기 역시 꼼꼼히 확인해야 한다. 가능하다면 글씨체 역시 바른 것이 좋다. 소리를 내며 성심을 다해 한 줄씩 필사하다 보면 다음 생에나 해결될 것 같았던 문법적 요소들이 어느새 정리된다. 그리고 문장 역시 몰라보게 좋아진다. 필사는 글쓴이의 마음을 따라가는 과정이다. 그러므로 글에 담긴 마음을 느끼며 천천히 옮겨 적는 것이 중요하다.

충분히 필사를 진행한 후, 좋은 문장을 쓰고 있는지 어떻게 확인해야 할까? '좋은 문장 확인 지표'가 따로 있는 것은 아니지만 대체로 좋은 문장의 조건은 다섯 가지 정도로 간추려진다. **명확성(Clarity),**

"그러므로 글쓰기는 계속된다"

간결성(Conciseness), 일관성(Consistency), 유창성(Fluency), 정확성(Accuracy)이다.

①명확성은 이해하기 쉬운 문장을 뜻한다. 모호하지 않고 깔끔한 문장이 바로 명확한 문장이다. 주어와 동사, 서술어가 제자리를 잘 찾는다면 명확성에 힘을 실을 수 있다.

> 예시: "미오는 퇴근 후 서점에 들러 책을 샀다." → 누가, 언제, 어디서, 무엇을 했는지가 분명하다.
> 비교: "그냥 퇴근 후에 서점에서 뭘 좀 했다." → 행동의 주체와 목적이 모호하다.

②간결성은 불필요한 단어와 표현을 제거한, 핵심 내용이 잘 전달되는 문장이 지닌 속성이다. 간결성은 문장의 길이가 짧으면 큰 노력을 기울이지 않아도 저절로 생겨난다. 간결성을 갖춘 문장을 원한다면 한 문장이 두 줄을 넘지 않게 조절해 주면 된다.

> 예시: "그녀는 천천히 미소 지었다."
> 비교: "그녀는 아주 천천히, 마치 시간이 멈춘 듯한 느낌으로, 조용히 미소를 지었다." → 장식이 지나치면 문장이 흐려진다.

③일관성은 글의 주제와 문체, 어조가 처음부터 끝까지 같은 느낌으로 유지되는 것을 말한다. 일관성은 일필휘지(一筆揮之)로 글을 썼을 때 충족되는 경우가 많다. 시간차를 두고 글을 쓰면 일관성도 점차 흐려진다. 그러나 짧은 글을 쓰는 게 아니라면 글을 쓸 때 시간차가 생길 수밖에 없다. 이때 일관성을 유지하려면 퇴고를 적절히 활용해야 한다. 퇴고 과정에서 일관성이 흐트러진 부분이 보일 때마다 고치고, 또 고치는 수밖에 없다.

> 예시: 글의 시작이 '차분한 관찰자'의 어조라면 끝부분에서도 감정적이거나 비약적인 표현을 피해야 한다. 더불어 처음을 '~이다' 형태의 예사말(반말)로 써 주었다면 끝까지 어미를 유지해야 한다. 갑작스럽게 '~입니다' 형태의 존댓말이 나와서는 안 된다.
> 비교: '나는 담담히 그를 바라보았다'로 시작된 글의 결말이 '그게 다 너 때문이야!' 같은 감정 폭발이라면 일관성이 깨진다.

④유창성은 문장과 문단 사이의 전환이 자연스럽고 글의 흐름이 부드럽게 이어지는 것을 뜻한다. 대체로 많은 작가의 글이 유창성을 지니고 있다. 바른 필사법을 지키기만 했다면 유창한 글을 쓰고 있을 것이다.

예시: "그날의 하늘은 낮게 깔려 있었다. 바람은 차가웠지만 사람들의 걸음은 가벼웠다." → 문장 간 리듬이 부드럽다.

비교: "그날의 하늘은 어땠을까. 낮게 깔려 있었다. 사람들은 걸었다. 바람은 차가웠다." → 쓸데없는 끊김이 많아 리듬이 무너진다.

⑤정확성은 글 속에 제시한 정보가 정확한지, 문법적인 부분들이 확실한지를 가늠하는 지표다. 허무맹랑한 내용을 글 속에 적은 게 아니라면 정확성 부분을 걱정할 필요가 없다.

예시: "세종대왕은 1443년에 훈민정음을 창제했다."

비교: "세종대왕은 한글을 발명했다." → '창제'와 '발명'은 다르며 연도가 나와 있지 않아 정확성이 떨어진다. 만약 정확성을 비약적으로 높이고 싶다면 참고 문헌을 각주로 표시하면 된다.

바른 자세로, 소리를 내자

1. 올바른 태도로 필사를 준비하자

필사는 단순히 글을 옮겨 적는 활동이 아니다. 글쓴이의 마음을 따라가는 과정이다. 문장을 적었던 글쓴이의 고민과 의도를 온몸으로 느껴 보자.

2. 침묵의 필사 NO, 소리 동반 필사 YES

문장을 한 줄씩 옮겨 적을 때마다 소리를 내어 읽어 보자. 큰 소리가 아니라도 괜찮다. 작은 소리로 입 모양을 만들어 읽는 것으로도 충분하다. 필사가 몸에 밸 수 있도록 노력을 기울이자.

"그러므로 글쓰기는 계속된다"

3. 최대한 정확히 옮겨 적자

마침표 하나도 빠트리지 말고 정확하게 옮겨 적자. 이때 맞춤법과 띄어쓰기 역시 꼼꼼하게 확인하는 것이 좋다. 그리고 가능하다면 바른 글씨체로 적어 보자.

필사 후 확인해 보면 좋은 <좋은 문장 점검표>		
항목	스스로에게 던질 질문	확인해 보기
명확성	내 문장은 '육하원칙'이 명확하게 드러나는가?	□ 예 / □ 아니오
간결성	같은 뜻을 더 짧게 쓸 수 있는 부분은 없는가? 군더더기 표현을 확실히 삭제했는가?	□ 예 / □ 아니오
일관성	글의 톤과 문체가 처음부터 끝까지 일정한가? 시점이 중간에 바뀌지는 않았는지 확인해 보자.	□ 예 / □ 아니오
유창성	문장과 문장이 자연스럽게 이어지는가? 읽을 때 끊김은 없는가?	□ 예 / □ 아니오
정확성	정보와 문법이 올바른가? 잘못된 사실이나 틀린 조사, 어미는 없는가?	□ 예 / □ 아니오

누구를 위한 '글쓰기'인가

한국 교육의 메카(Mecca)는 단연 대치동이다. 그렇다 보니 이런저런 교육 관련 소식과 의견을 하루에도 수 가지 정도는 듣게 된다. 최근 가장 두드러졌던 화두는 '획일화 교육'이었다. 한국 교육은 초등 6년, 중등 3년, 고등 3년 총 12년 동안의 학습 기간이 '수능'이라는 큰 목표를 향해 달려가는 형태로 이루어져 있다. 그렇다 보니 국어, 영어, 수학 등에 집중된 교육이 이루어진다. 물론 예체능이나 외국어, 과학 등의 학습에 두각을 드러내는 학생을 위한 고등학교도 개설되어 있다. 그러나 해당 고교들 역시 국·영·수를 중심으로 하는 필수 과목에서 좋은 성적을 받아야만 타 과목에서의 우수성이 빛을 발할

"그러므로 글쓰기는 계속된다"

수 있는 구조로 기획되어 있다. 이러나저러나 국·영·수를 잘하지 못하고서는 좋은 대학에 가기도 어렵고 개인의 탁월성을 인정받기도 참 힘들다.

획일화 교육, 그리고 그로 인한 대학 서열 제도에 비판적 의견을 가진 이들이 주로 거론하는 이상적 대학이 있다. 바로 미국 샌프란시스코에 본부를 둔 미네르바 대학(Minerva University)[43]이다. 지난 2012년 4월, 미네르바 스쿨(Minerva Schools at KGI)이라는 이름으로 개교한 미네르바 대학은 일곱 개의 나라에 거점을 둔 미래형 교육 대학이다. 미네르바 대학교의 학생들은 샌프란시스코(San Francisco), 서울(Seoul), 도쿄(Tokyo), 타이페이(Taipei), 베를린(Berlin), 부에노스아이레스(Buenos Aires), 하이데라바드(Hyderabad) 등의 도시를 돌아다니며 교육받는다. 책 속의 지식을 습득하는 것이 아니라 세계 여러 도시에 체류하며 도시가 마주한 문제를 직접 고민해 보는 신교육 체제이다. 올해로 개교 12주년을 맞이한 미네르바 대학은 가장 성공적인 '미래 학교'로 일컬어진다. 미네르바 대학의 인재상은 '창의성 있는 글로벌 시민'이다. 해당 인재를 기르기 위한 체험형 학습과 토론 수업, 세계 어느 지역에서든 청강이

---

43 설립자는 벤 넬슨(Ben Nelson)이며, 미국 캘리포니아 주 샌프란시스코에 본부를 두고 있다. 현(2025년) 총장은 마이크 매기(Mike Magee).

가능한 원격 강의가 미네르바 대학의 특징이다.

주목해야 할 점은 미네르바 대학의 인재가 각 도시의 사정에 밝고 외국어에만 뛰어난 글로벌 시민이 아니라 '창의적' 글로벌 시민이라는 데 있다. 미네르바 대학은 창의성이 뛰어난 학생을 키우기 위해 포럼(Forum)을 적극적으로 활용한다. 본래 포럼은 고대 로마의 공공 집회 광장의 이름이었다. 포럼에 모인 시민들은 정치나 경제와 관련된 중대한 사안에 관해 서로 의견을 주고받으며 의사결정을 했다. 이때 이루어지는 '토론식 의사결정'도 포럼이라 불렀다. 현재의 포럼은 사회자의 지도 아래 한 사람 또는 여러 사람이 연설을 하는 형태로 진행된다. 이후 청중들이 연설과 관련된 질문이나 의견을 이야기하면서 토론이 이루어진다. 미네르바 대학의 학생들은 교수와 쌍방향으로 소통한다. 교수의 이야기를 듣기만 하는 것이 아니라 수업에 대한 의견을 개진한다. 생각을 받아먹기만 하는 교육이 아니다. 직접 연구하고 고민해야 하기에 고도의 집중력이 요구된다.

한국 대학에 토론식 수업이 없는 것은 아니다. 그러나 그 수가 현저히 적다. 또 그간 단방향 소통 수업에 익숙해져 있던 터라 학생들의 참여도가 낮다는 문제도 있다. 그렇다 보니 토론식 수업이 생각처럼 제대로 진행되지 않기도 한다. 토론식 수업의 장점은 이미 여러 연구를 통해 논의된 바 있다. 우선 토론식 수업은 '장기 기억'에 탁월하다. 발화(發話)했던 지식은 뇌에 각인돼 쉽게 잊히지 않는다. 오랜 시간이 지나도 배운 내용을 자유자재로 사용할 수 있다. 이뿐 아니라 발화를 통해 생각을 한번 정리할 수 있으므로 '문서 쓰기'에도 좋다. 생각은 많은데 마음처럼 글이 써지지 않는다는 친구들을 종종 보게 된다. '생각이 많다'라는 건 글감이 될 수 있는 좋은 재료를 많이 가지고 있다는 뜻이다. 그러나 재료만으로 글이 써지는 것은 아니다. 각종 채소를 다듬고 모아야만 맛있는 김밥이 완성되는 것처럼 글감을 정제된 형태로 정리해야 한다. 토론식 수업이 드문 한국에서 글감을 다듬기 위해서는 마인드맵 그리기나 초고 작성 작업을 위해 따로 시간을 내야만 한다. 발화의 창구가 평소에 마련되어 있는 미네르바 대학에서는 학생들이 별도의 시간을 들이지 않고서도 글감을 저축할 수 있다. 토론식 수업 덕분에 학생들은 생각을 생각으로만 남기지 않고 체화시키면서 자신만의 의견이 있는, 창의성 높은 미래형 인재로 자라난다.

미네르바 대학의 교육법이 그렇게 좋다면 한국도 얼른 미래 교육을 도입해야 할 일이 아니냐고 할 수 있겠다. 해당 흐름에 발맞추어 2023년 8월, 한국형 미래 교육 대학이 개교했다. 종로구에 둥지를 튼 태재대학교(泰齋大學校, 이하 '태재대')[44]다. 태재대도 미네르바 대학처럼 세계 곳곳에 거점을 둔 글로벌 대학이다. 서울, 도쿄, 뉴욕(New York), 홍콩(Hong Kong), 모스크바(Moscow)를 중심으로 글로벌 시민을 양성하는 데 초점을 두고 있다. 특징적인 것은 태재대 역시 미네르바 대학과 마찬가지로 창의적 글로벌 시민을 염두에 둔 교육을 펼친다는 것에 있다. 글로벌 역량과는 별개로 얼마나 깊은 고유의 생각을 지니고 있는지, 해당 생각을 어떻게 세계화에 접목하고자 하는지가 태재대 교육의 중요 키워드이다.

미네르바 대학과 태재대의 인재상과 교육 목표를 보면서 "우와, 우리 아이도 저런 교육을 받을 수 있다면 얼마나 좋을까?"와 같은 부러움이 피어날 수도 있겠다. 그렇지만 단순 부러움으로만 미네르바 대학교나 태재대를 바라보아서는 안 될 일이다. 획일화 교육이라는 뭇매를 맞고 있는 한국 교육은 느리기는 하지만 분명 조금씩 변화하고 있다. 포럼을 기반으로 한 대학 강의도 늘어나는 추세이고 수능의 기조 역시 '학생 개개인의 생각'에 집중하는 쪽으로 조금씩 방향을 트는 중이다. 그리 멀지 않은 미래에 우리 아이들은 자신만의 생각, 이른바 창의성을 기르는 교육을 받게 될 것이고 결국 창의성을 평가하는 각종 시험대에 오르게 될 테다. 미네르바 대학과 태재대에 재학 중이지 않다고 해서 마냥 손을 놓고 있을 수는 없다. 각자의 방법으로 생각을 키워 나가야 한다.

---

44 한샘 창업주인 조창걸 명예 회장에 의해 설립 추진된 21세기형 미래 혁신대학이다. 학교명인 '태재'는 음양의 조화를 나타내는 주역의 괘인 '태(泰)'와 집을 뜻하는 '재(齋)'를 쓴다. '태'와 '재'는 동서양 조화를 통해 새 문명을 탄생시키는 터전의 역할을 하겠다는 뜻을 품고 있다.

"그러므로 글쓰기는 계속된다"

개인의 생각을 가장 효과적으로 키울 수 있는 방법은 무엇일까? 각종 체험 학습과 독서, 아이의 수준에 맞는 영재 교육 등의 길이 있을 것이다. 그러나 체험 학습에 다녀오고, 독서를 하고, 영재 교육을 받더라도 해당 내용을 제대로 정리하기 위해서는 쓰기 과정을 거쳐야 한다. '꼭 써야 할까? 말로 생각을 정리하면 안 되는 걸까?' 싶을 수 있겠다. 그러나 발화 역시 글을 쓰기 위한 전 단계임을 기억해야 한다. 말은 한계가 있는 언어다. 말을 통해 생각을 전하기 위해서는 화자와 청자가 같은 공간과 시간을 공유해야 한다. 글은 보다 간편하다. 써 두면 공간과 시간이 아무리 달라도 생각을 전할 수 있다. 심지어 세대가 달라지더라도 글로써 기록되어 있다면 얼마든지 의견을 전파하는 것이 가능하다. 그리고 글은 말과 달리 깊은 고민을 수반하는 언어다. 말이 즉각적 순발력을 기둥 삼아 전개된다면 글은 끈기와 인내심을 통해 성장한다. 어떤 일이든 자주 반복되어 절대적 시간의 양이 상승하면 성장하기 마련이다. 글은 생각의 반복을 돕는다. '글을 쓰는 사람은 생각이 깊다'라는 인식이 그저 우연의 일치는 아닌 셈이다.

글쓰기 수업 때 아이들에게 "독자가 읽기 쉬운 글을 써야 한다"라고 말한다. 기록으로 남긴다는 것은 누군가가 기록을 읽을 것임을 가정하는 것이기에 반드시 쉬운 언어로 써야 한다. 이어서 아이들에게 "독자가 읽기 쉬운 초고가 완성되었다면, 두 번째로 쓸 때는 나를 위한 글을 써야 한다"고 덧붙인다. 쉬운 글을 썼다는 건 대다수의 독자가 만족할 만한 글이 완성되었다는 뜻이다. 그러나 쉬운 글이 좋은 글이라는 뜻은 아니다. 그러므로 퇴고를 진행할 때는 나를 만족시킬 수 있는 글을 써야 한다. 내 글의 가장 큰 독자는 결국 '나'이다. 작가는 자신의 글을 읽으며 그간 성장한 자신을 보고, 달라진 생각을 체감하게 된다. 그리고 동시에 또 다른 글감과 아이디어를 얻는다. 글쓰기는 겉보기에 남을 위한 활동처럼 보이지만 실은 그 어떤 활동보다도 나를 위한 것이다. 곧 다가올 미래를 위해서, 그리고 자신을 위해서 부단히 글쓰기를 할 수밖에 없다.

"그러므로 글쓰기는 계속된다"

선생님의
키워드

**장인(匠人) 교육**

장인에게 직접 훈련을 받는 것을 '장인 교육'이라 부른다. 비슷한 말로 '도제(徒弟) 교육'이 있다. 보통 스승과 제자의 관계로 교육이 이루어진다. 커리큘럼에 맞추어 수업하는 것이 아니라 스승의 행동을 제자가 그대로 따라 하는 식이다. 수업이 아닌 훈련으로써의 '배움'이기에 쉽지 않은 과정이다. 최소 몇 년 이상에 걸쳐 한 명의 스승이 소수의 제자를 맡아서 교육하므로 세심한 가르침이 가능하다. 당연히 교육의 질도 높다. 현대의 교실에서는 이루어질 수 없는 교육 방식으로 보이기도 한다. 그러나 오랜 시간 노력하는 자세를 가르치는 것이 장인 교육의 핵심이기에 불가능한 일은 아닐 것으로 생각된다.

> **ex** 충분한 체험과 실습이 가능한 장인 교육을 통해서 실질적 경험을 배울 수 있다.

메모(Memo)

다른 사람에게 말을 전하거나 자신의 기억을 돕기 위해 짤막하게 쓴 문장을 모은 글. 메모는 종이에 남기는 기록일 뿐만 아니라 머릿속에 새겨지는 흔적이기도 하다. 귀찮더라도 책을 읽을 때 메모를 해 보자. 단상(斷想)이나 새로운 의견을 메모하다 보면 그저 그렇게 여겨졌던 생각들 사이 놀라운 아이디어가 숨어 있었다는 사실을 알게 될 것이다.

> **ex** 자유로운 글 해석과 능동적 독서는 메모를 통해 가능해진다.

필사(筆寫)

타인의 글을 베껴 쓰는 일. 초등학교 저학년 때는 바른 글씨를 연습하는 데에, 고학년 때는 유려한 문장을 익히는 데 도움이 된다. 그러나 아무렇게나 필사해서는 소용이 없다. 배울 점이 많은 작가의 글을 찾는 것이 우선이다. 따라 적기를 할 때는 소리 내어 문장을 읽고, 토씨 하나 빼지 말고 그대로 옮기기 위해 집중해야 한다. 필사를 거듭하다 보면 어느 순간 좋은 문장이 몸에 배어 있을 것이다.

ex 필사의 장점은 다음과 같다. 명확성(Clarity), 간결성 (Conciseness), 일관성(Consistency), 유창성(Fluency), 정확 성(Accuracy)이 길러진다.

문해력(文解力)

글을 읽고 이해하는 능력을 뜻한다. AI가 발전하고, 각종 숏폼이 유 행하면서 여러 정보를 인간의 힘으로 온전히 해석하는 일이 오히려 중요해졌다. 수능에서 영어 과목이 '절대 평가'로 바뀌면서 국어 독 해 능력은 더욱 주목받고 있다.

ex 문해력은 지식을 쌓는 데 도움이 된다. 세계를 이해하는 태 도를 함양할 수 있다는 점에서도 필수적 능력이다.

나가는 글

글쓰기에 대한 글을 쓰겠다 결심한 순간 떠올랐던 건 학생들의 얼굴이었다. 평일과 주말을 가리지 않고 학원에 와서 몇 시간이나 되는 글쓰기 수업을 묵묵하게 듣는 학생들을 보면 기특하면서도 애처로운 마음이 절로 들곤 했다. 그들이 무엇을 위해 귀중한 시간을 내어 자리에 앉아 있는지 알기에 감상에 빠져 있기보다는 더욱 힘차고 재미있는 수업을 하고자 노력했다. 그 과정에서 괜한 농담을 하기도 하고 말도 안 되는 비유를 들기도 하면서 웃음과 땀방울로 수업 시간을 꽉 채웠다. 매주 학생들과 함께 동고동락하는 삶을 사는 이상 학생들에게 도움이 되는 글을 꼭 써야겠다는, 숙명과도 같은 마음의 목소리를 들은 건 필연일지 모르겠다.

『대치동 아이는 이렇게 씁니다』를 글쓰기를 잘하고픈 아이를 둔 학부모님과 글쓰기에 욕심이 있는 학생들이 읽을 수 있다면 참 좋겠다. 학부모님께서 읽는 것을 기본으로 두고 쓰기는 했으나 엄마의 책, 또는 아빠의 책을 아이가 훔쳐 읽더라도 재미있게 읽을 수 있도록 쉽게 작성했다. 머릿속에 떠오르는 가장 이상적인 그림은 부모와 아이가 함께 책을 읽는 장면이다. 글쓰기에 관한 의견을 나누기도 하고, 어떤 글을 쓰고자 하는지 이야기하기도 하는 다정한 화합의 장이 책을 통해 열리기를 바란다. 완독 후 글쓰기가 재미있어질 수만 있다면 더는 바랄 소원이 없을 듯하다.

더불어 글쓰기 교육의 필요성이 많은 분께 알려지길 바란다. 글쓰기의 중요성이 많이 대두된 상황이기는 하나 비용까지 지불해 가면서 아이에게 글쓰기를 가르쳐야 하는 이유를 모르겠다는 분도 꽤 계신다. 시간이 지나면 성장하는 것이 글쓰기가 아니냐며 국어 학원의 상술(商術) 중 하나라는 말을 듣기도 했다. 당연히 받아들이는 사람에 따라 중요도의 높낮이는 달라질 수 있다. 그러나 오늘날 글쓰기는 아이의 미래를 설계하는 데 있어 꼭 필요한 하나의 길이 되었다. 지금도 그렇지만 앞으로의 사회는 아이디어의 참신성과 생각의 무게를 더욱 심도 있게 평가할 것이다. 이러한 사회에서 글쓰기는 말로는 다 표현할 수 없는 개인의 '많은 것'을 세상에 내보일 수 있는 적절한 통로가 되어 줄 테다.

초등학교 3학년, 어머니와 함께 방문한 종합 학원에서 국어 수업을 처음 권유받았던 때가 기억난다. 단정한 미소를 띤 국어 선생님께서 국어 역시 정해진 답이 있다며 미리 공부해 두면 아주 좋을 거라고 말씀하셨던 게 떠오른다. 시범 수업을 듣고 나서 상냥한 선생님과 더 공부하고 싶다고 어머니께 먼저 수업 등록을 해 달라는 말을 꺼냈다. 자식의 소원이라면 뭐든 들어주셨던 어머니께서 처음으로 거절의 뜻을 표현하며 다음처럼 말씀하셨다.

"엄마는 답이 정해진 국어보다 생각이 크는 국어를 배우길 바란다. 국어는 시험 과목이기도 하지만 네가 쓰는 '말'이자 '표현'이란다. 네 말과 표현을 강하게 할 수 있는 수업이 어딘가에 있을 거야"

초등학생이었던 당시에는 어머니의 말씀을 전부 이해하지 못했다. 그래서 수업을 막아섰던 행동에 한참을 꽁해 있기도 했다. 그 이후에도 어머니께서 국어 수업을 찾기 위한 노력을 계속 기울이셨는지는 모르겠다. 그러나 안타깝게도 어머니를 흡족하게 만들 수업이 없었는지 고등학교를 졸업할 때까지 국어 학원에는 다닌 적이 없다 (어머니께서 찾지 못한 것일 수도 있다).

대학 입학을 앞두고 학부 선택의 기로에 섰을 때, 다시 한번 국어 수업을 듣게 해 달라고 떼를 썼던 초등학생이 되어 어머니께 국어나 글쓰기를 전공하고 싶다는 포부를 밝혔다. 뜻대로 하라실 줄 알았던 어머니께서는 그 옛날처럼 거절의 뜻을 내보이셨다. 대학에서 배우는 국어나 글쓰기는 지식과 기술의 영역일 뿐 생각을 펼치는 이상적인 곳이 아니라는 말도 덧붙이셨다. 그러나 더는 초등학생이 아닌 자식은 글쓰기를 전공하게 되었고 어머니의 말씀이 어떤 뜻이었는지 아주 한참 뒤에야 뼈저리게 느끼게 되었다. 실제로 대학에서 배웠던 것들은 문학적 지식과 글쓰기 기술이었다. 글쓰기에 생각을 담는, 나아가서 '나'를 담는 방법은 스스로 터득하는 수밖에 없었다. 글쓰기에 무엇을 어떻게 담아야 하는지 가르쳐 주는 스승이 어딘가에 있길 바랐지만 만나지 못했다. 그리고 시간이 흘러 누군가에게 가르침을 주는 위치에 서게 되었다.

국어에서 글쓰기로 가르치는 과목을 바꾸려던 순간에 아주 오래된 어머니의 목소리가 귓가에 들렸다. 그리고 어머니의 말씀처럼, 대학에서 내가 꿈꾸었던 것처럼 '말'과 '표현'을 성장시킬 수 있는 글쓰기를 가르치는 사람이 되어야겠다는 생각이 들었다. '나'를 담는 글쓰기를 가르치는 사람이 없다면 내가 되면 그뿐이었다. 실패와 성공은 시간이 알려 줄 거라는 밑도 끝도 없는 자신감이 샘솟았다.

글쓰기를 학생들에게 가르치는 시간이 어떤 시간이 되어 돌아올지는 신만이 알 것이다. 그러나 『대치동 아이는 이렇게 씁니다』를 집필하면서 노력의 시간들이 최소한 '실패'는 아닐 거라는 직감이 들었다. 글쓰기 수업에 오는 학생들, 그리고 책을 읽는 독자들이 글쓰기에 '나'를 담을 수 있기를 바란다. 더불어 자신만의 말과 표현을 무한히 확장할 수 있기를 기도한다.

율T가 권하는 책

✦

대치동표 추천 도서는 없지만 읽었을 때 마음이 성장하는 책은 있다. 아이들의
마음이 얼른 '어른스럽게' 변하길 바란다는 뜻이 아니다. 아이의 세계를 충분히
즐기면서도 지금보다 풍요로운 마음으로 세상을 바라보게 되길 바란다.

1. 김진영, 『아침의 피아노』, 한겨레출판, 2025.
2. 류전원(劉震云), 모우선(牟森) 각색, 오수경 역, 『만 마디를 대신하는 말 한 마
　　디』, 연극과인간, 2020.
3. 마리야 이바시키나(Maria Ivashkina), 김지은 역, 『당신의 마음에 이름을 붙인
　　다면』, 책읽는곰, 2022.
4. 마크 해던(Mark Haddon), 유은영 역, 『한밤중에 개에게 일어난 의문의 사건』,

문학수첩 리틀북, 2018.

5. 바스티앙 비베스(Bastien Vives), 그레고리 림펜스(Gregory Limpens)·이혜정 역, 『염소의 맛』, 미메시스, 2013.

6. 오가와 요코(小川洋子), 권영주 역, 『인질의 낭독회』, 현대문학, 2012.

7. 윌리엄 셰익스피어(William Shakespeare), 최종철 역, 『로미오와 줄리엣』, 민음사, 2008.

8. 임수현, 남윤잎 그림, 『외톨이 왕』, 문학동네, 2019.

9. 켄 리우(Ken Liu), 장성주 역, 『어딘가 상상도 못 할 곳에, 수많은 순록 떼가』, 황금가지, 2020.

10. 크리스천 맥케이 하이디커(Christian McKay Heidicker), 이원경 역, 『어린 여우를 위한 무서운 이야기』, 밝은미래, 2020.

참고문헌

강신재 외,『한국단편문학선 2』, 민음사, 1999.

강영숙,『빨강 속의 검정에 대하여』, 문학동네, 2009.

고토게 코요하루(吾峠呼世晴),『귀멸의 칼날(鬼滅の刃)』(1~23권), 학산문화사,
  2017~2021.

김덕련 외,『미스테리아 31호』, 엘릭시르, 2020.

김윤식 외,『한국현대문학사』, 현대문학, 2014.

나쓰메 소세키(夏目漱石) 외, 정수윤 역,『슬픈 인간』, 봄날의책, 2017.

무라카미 하루키(村上春樹), 양억관 역,『노르웨이의 숲(ノルウェイの森)』, 민음사,
  2017.

박경리,『토지』(1~21권), 나남출판, 2002.

박완서,『그 많던 싱아는 누가 다 먹었을까』, 웅진지식하우스, 1992.

산경, 『재벌집 막내아들』(1~5권), 테라코타, 2022.

서영은, 『먼 그대』, 사피엔스21, 2012.

송용준, 『중국한시』, 서울대학교출판문화원, 2014.

아오야마 고쇼(青山剛昌), 『명탐정 코난(名探偵コナン)』(1~107권), 서울미디어코믹스, 1996~2005.

안네 프랑크(Anne Frank), 홍경호 역, 『안네의 일기』, 문학사상, 2024.

알퐁스 도데(Alphonse Daudet), 김윤진 역, 『별』, 비룡소, 2013.

앤드루 포터(Andrew Porter), 김이선 역, 『빛과 물질에 관한 이론(Theory of Light and Matter)』, 21세기북스, 2011.

앤드루 포터(Andrew Porter), 민은영 역, 『어떤 날들(In Between Days)』, 문학동네, 2015.

앤드류 랭(Andrew Lang), 박일귀 역, 『천일야화』, 서해문집, 2020.

오다 에이치로(尾田栄一郎), 『원피스(ワンピース)』(1~111권), 대원씨아이, 1999~2005.

오정희, 『유년의 뜰』, 문학과지성사, 2017.

요한 하위징아(Johan Huizinga), 이종인 역, 『호모 루덴스(Homo Ludens)』, 연암서가, 2018.

윌리엄 골딩(William Golding), 유종호 역, 『파리대왕(The Lord of Flies)』, 민음사, 2002.

윤흥길, 『아홉 켤레의 구두로 남은 사내』, 문학과지성사, 2019.

이문구, 『관촌수필』, 문학과지성사, 2018.

이백(李白), 이백시문연구회 역, 『이백 시전집 7』, 지식을만드는지식, 2022.

이사야마 하지메(諫山創), 『진격의 거인(進擊の巨人)』(1~34권), 학산문화사, 2011~2021.

이청준, 『이어도』, 문학과지성사, 2015.

장 자크 루소(Jean-Jacques Rousseau), 김중현 역, 『에밀(Émile)』, 한길사, 2003.

조세희, 『난장이가 쏘아올린 작은 공』, 이성과힘, 2024.

조정래, 『어떤 솔거의 죽음』, 해냄, 2011.

줄리아 캐머런(Julia Cameron), 임지호 역, 『아티스트 웨이(The Artist's Way)』, 경
    당, 2012.

최열, 『이중섭 평전』, 돌베개, 2014.

토마스 불핀치(Thomas Bulfinch), 이상옥 역, 『그리이스 로마 신화(Greek &
    Roman Mythology)』, 육문사, 1997.

한스 마그누스 엔첸스베르거(Hans Magnus Enzensberger), 고영아 역, 『수학 귀
    신』, 비룡소, 2019.

· **참고한 영상**

오가와 에츠시(小川悦司) 원작, 안노 마사미(案納正美) 감독, 〈요리왕 비룡(中華
    一番)〉 총 52회, 1997. 04. 27. ~ 1998. 09. 13., 후지 TV 방영.

전현진·정진영·김의찬·양희승·송재정 외 각본, 김병욱·주병대·윤인섭 연출, 〈순
    풍 산부인과〉, 365회, 1999. 08. 23., SBS 방영.